ビブリア古書堂の事件手帖 5

～栞子さんと繋がりの時～

三上延

ラスト◎越島はぐ　デザイン◎荻窪裕司

ビブリア古書堂の事件手帖

5

～栞子さんと繋がりの時～

三上 延

プロローグ　リチャード・ブローティガン『愛のゆくえ』（新潮文庫）

　仕事が片付かなかったので、定休日に店で作業しなければならなかった。

　書架に挟まれた通路にしゃがみこんで、俺は棚から下ろした古書を紐(ひも)で縛っている。終わったら母屋(おもや)にある倉庫に運び、空いた場所には一昨日仕入れた古書を並べるつもりだ。

　ここは北鎌倉(きたかまくら)駅の脇にあるビブリア古書堂(こしょどう)——名前から分かるように古書を売る店だ。通勤通学のラッシュ時間を過ぎた平日の午前中、店の前の人通りはほとんど絶えている。横須賀(よこすか)線の線路を電車が通りすぎると、聞こえるのは俺たちの立てるわずかな物音だけだった。

　古書を縛る作業が一段落し、立ち上がって店の奥を振り返った。カウンターの中にいる髪の長い女性が、積み上げた古書に値段を書きこんでいる。

　状態と奥付を確認すると、彼女は一瞬も判断を迷わない。まだ二十代の半ばで、俺とあまり年も変わらないはずだが、もう何十年もこの仕事を続けてきたかのようだ。今日はうなじのあたりで髪を縛り、白いブラウスの右肩から前に流していた。つややかな毛先が盛り上がった胸元にまで届いている。眼鏡(めがね)のレンズ越しに、黒目がちの瞳(ひとみ)が輝いているように見えた。

彼女はピアスやイヤリングを着けていない。むきだしの左耳が気になるのか、次の本を取りながら時々人差し指で撫(な)でている。

彼女は魅力的な人だ。そう思っているのは俺だけではない。店に来た男性客が品物や釣りを受け取ろうとして、はっとするのを何度も見ている。彼女がレジの前にいる時に限って、長話を始める者も一人や二人ではない。

もちろん彼らの反応に本人が気付かないはずもない。そういう時はほんの少し視線を逸らし、曖昧な笑顔でやり過ごすのが常だった。

先月、俺が告白した時にも同じ表情になったので、俺は汗をかきながら必死に説明する羽目(はめ)になった。この店で初めて目にした時、彼女のどこに惹かれたか、今はどれほどかけがえなく思っているか。

あの日、彼女は熱心に本を読んでいた。美しさに目を奪われたことは否定しない。しかしもっと俺の心に響いたのは、古書を手に取ってはページをめくる時の楽しげな様子だ。たぶん本人も無意識に、彼女は口笛を吹いていた。調子外れでかすれていて、なんの曲か今も分からないままだ。

今も古書の値付けをしながら口笛を吹いている。最後の一冊に数字を書きこんで、彼女はふと顔を上げた。

「終わりました」

笑顔のままで言う。俺が見とれていたことに気付いていたかもしれない。平静を装ってカウンターに近づき、背表紙を確かめるふりをする。

「……きらめく季節に」

不意に低いささやきが聞こえた。え、と俺は聞き返す。

「たれがあの帆を歌つたか」

彼女の目は俺ではなく、もっと遠くを見つめていた。通路に置かれた古い鉄の看板よりも遠く、柔らかな日射しの降るガラス戸の外。電車のホームの向こうに見える山々では、葉桜が他の緑にすっかり馴染んでいた。

「つかのまの僕に、過ぎてゆく時よ」

それは五月についての詩の一節だ。彼女が好きだと言っていた詩。つい先日、この詩の収められた初版本を目にしたばかりだ。俺はカレンダーをちらりと見る。

今日はまだ五月だ。五月三十一日。だからつい口から出たのだろう。

色々なことが起こった五月だった——しかし、俺にとって一番大事な件がまだ片付いていない。店から母屋に通じるドアは固く閉ざされている。今、奥には誰もいない。俺たちは二人きりだ。

俺は小さく咳払いをして、きちんと背筋を伸ばした。仕事の最中だが、今ここで話そうと思った。いつになく改まった気配が伝わったらしい。彼女の瞳が俺の顔に焦点を合わせた。

「あの」

と、俺は切り出す。思ったよりも大きな声になった。

「返事を聞かせてもらえますか、先月の」

返事というのは告白の返事だ。彼女は五月のうちにはっきり答えると言っていた。そして今日が五月の終わりだ。二ヶ月近くも大人しく待っていたのは、深いわけがあることを察していたからだ。この人は意味もなく答えを引き延ばしたりしない。そんなつもりがあるなら、最初からもっと上手に断っていただろう。

「お待たせしてごめんなさい」

彼女は深々と頭を下げた。

「今日、お話しするつもりでした。仕事が終わったら」

それなら後で話そう、とは思わなかった。もう切り出してしまったことだし、仕事が終わる頃には母屋に家族が戻っているかもしれない。初めて彼女と出会ったこの店で、二人きりの時に返事を聞きたかった。

「あなたに好きと言われた時、嬉しかった」

ためらいも淀みもなく、彼女ははっきり言った。

「でも、どう返事をすればいいのか分からなかった……今まで自分の言葉で、自分の気持ちを伝えたいと思ったことがなかったから。文字になった誰かの言葉に囲まれている方が、ずっと好きだったから」

値付けの終わった文庫本の表紙を、細い指が滑っていく。ブローティガンの『愛のゆくえ』、新潮文庫。彼女は並外れた古書マニアだ。ただ収集するだけではなく、すべてを貪るように読み、自分の知識として吸収していくことに歓びを覚える人だ。俺と一緒にいる時も、本以外の話をほとんどしない。

「でも、あなたにはわたしのことを……わたしがどういう人間で、どんなことを思っているのか、きちんと知って欲しいんです」

俺は彼女の意図を読み取ろうと必死だった。付き合うつもりなのか、断るつもりなのか、どちらもありうる気がした。俺は直立不動で息を詰めて待つ。

一体、彼女はどう答えるつもりなんだろう。

「わたし、あなたと……」

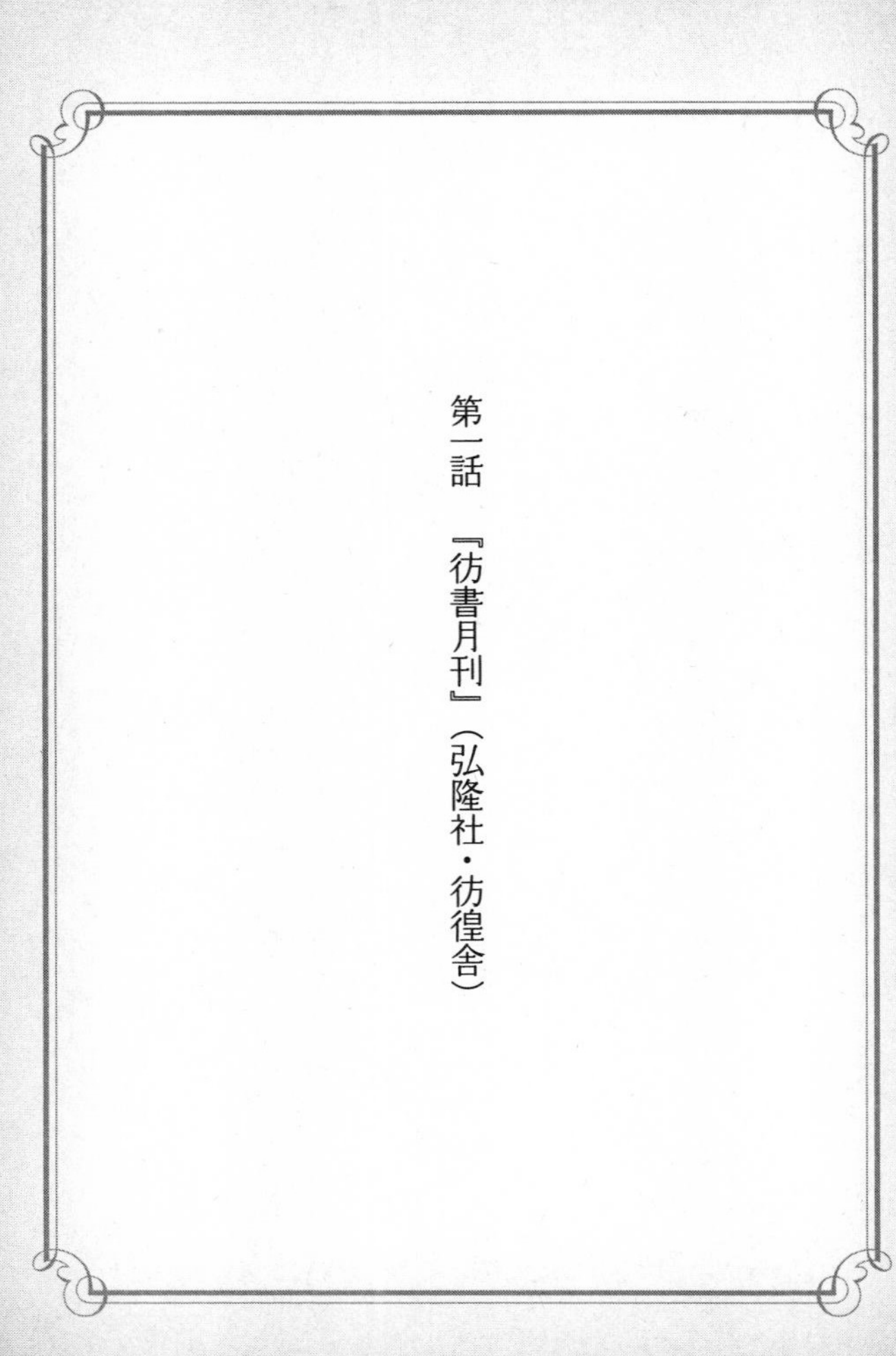

第一話　『彷書月刊』(弘隆社・彷徨舎)

1

階段を下りてビルの外に目を凝らすと、雨足は強くなっていた。

ひやりとした湿気が入り口に漂っている。四月にしては肌寒い日だ。張り出したひさしから顔を出してみる。風上の空が明るいので、時間が経てば止むかもしれない。

俺、五浦大輔は戸塚にある古書会館に来ている。

昨日、アルバイト先の北鎌倉の古書店——ビブリア古書堂で、囲碁将棋に関する古書を買い取ったのだが、残念ながらうちでは扱わないジャンルだった。そこで他の古書店に売ってしまおうと、組合主宰の古書交換会に出品するために車で運んできたのだ。

「急いで帰らなくてもいいんじゃないのか。こんな天気じゃ客なんか来ないだろ」

ひさしの下にある喫煙スペースから声をかけられた。メタルフレームの眼鏡をかけている痩せた男が、灰皿スタンドの前で煙草を手にしている。なにかこだわりでもあるのか、服の上下はいつも真っ黒で、かけているエプロンだけが真っ赤だ。年齢は二十代後半のはずだが、不揃いな顎のヒゲのせいでもう少し上に見える。

　この人は滝野蓮杖という。港南台にある滝野ブックスの息子で、最近親から店を引き継いだらしい。俺と同じく古書を出品しに来て、少し前に作業を終えていた。

　普段は用が済むとさっさと引き揚げるのだが、こんな風にのんびりしているのは珍しかった。

「篠川一人で大丈夫だよ」

　篠川という名前を聞いた途端、カウンターの前に座っている髪の長い女性の姿が頭に浮かんだ。今頃、売り物の古書を開いて、覆い被さるように読みふけっているかもしれない。なにしろ筋金入りの「本の虫」だ。客が来なければ止める者はいない。

　彼女は篠川栞子。俺の雇い主だが、俺にとってはそれだけの人ではない。相手にとって俺がどれだけの人なのかはよく分からないが。

「仕事あるんですよ。通販の方で」

「ああ、乱歩かなんかのすごい仕入れがあったんだってな。ネットで売るのか」

「ええ。全部じゃないですけど」

　今月の初め、江戸川乱歩の著書と関連書籍を網羅した貴重なコレクションを買い取ることができた。めぼしいものはネット通販で売ることになり、店のホームページの通販目録を少しずつ更新している。さっそく注文が入ってきているので、更新を続けながら商品も発送しなければならない。

「やっぱり震災で手放したのか。持ち主は」

「どうなんですかね……きっかけにはなったみたいですけど」

東日本を襲った震災からまだ二ヶ月足らずだ。店によっては一時的に古書の買い取りも増えたと聞いている。強い地震が起こった時に、大量の蔵書は危険だと気付いた人もいたのだろう。ただ、今回は少し事情が違っている。

栞子さんは亡くなった乱歩コレクターの遺した謎を解いて、貴重な直筆原稿の入った金庫を開けた。その報酬としてこちらの言い値で買い取ったのだ。

彼女は古書店主の他にもう一つの顔を持っている。とてつもない量の読書から得た膨大な知識を活かして、古書をめぐる謎を解決する——俺はその手伝いのような役回りだ。彼女と違って本を読まない、というよりは読めない。子供の頃にそういう「体質」になってしまったのだが、読書に興味がなかったわけではなかった。むしろその逆だ。

本についていくらでも話したい彼女と、それを聞きたい俺とは見事に利害が一致していた。たぶん周りから見るとバカバカしいぐらいの時間をかけて、少しずつ親密になってきている。

「喜んだだろ、篠川。あいつ乱歩も好きだしな」

滝野は目だけで笑う。俺も黙って笑顔を作るしかなかった。

確かに買い取りはできたが、栞子さんの内心は複雑だったかもしれない。金庫の中にあった乱歩の直筆原稿――幻とされていた『押絵と旅する男』の第一稿を目にする機会を逃してしまったからだ。今は持ち主と一緒にどこかを旅しているはずだ。

そして、栞子さんの母親である篠川智恵子が直筆原稿を追っている。娘よりも頭が切れ、豊かな古書の知識を持つ人物で、栞子さんにとって天敵のような存在だ。十年前に家族を捨てたきり、つい最近までまったく消息がつかめなかった。

栞子さんは母親から乱歩の直筆原稿を追いかけようと誘われた。しかし、大輔さんとデートの約束がある、ときっぱり断った。

確かに約束をしていたし、彼女も楽しかったと言っていたが、本当にデートを優先したのか、母親からの誘いを断る口実にしたのか、今の俺は彼女の本心をはかりかねている。というのも、デートの帰りに俺は――。

「そういえばお前、篠川に告白したって本当か。デートした時に」

「うえっ？」

不意打ちを食らって変な声が出てしまった。

「な、なんで知ってるんですか？」

栞子さんが話したのか。栞子さんはこの人と幼馴染みだが、そんなプライベートな話までするとは思っていなかった。

「リュウから聞いた。って言っても篠川が自分から話したんじゃなくて、リュウの奴が聞き出したみたいだけどな、根掘り葉掘り」

それを聞いて納得がいった。リュウは滝野の妹で、栞子さんの親友でもある。俺とデートした時、彼女は滝野リュウが全身コーディネートした服を着ていた。おしゃれに不慣れな親友のために一肌脱いでくれたらしい。そこまで協力すれば、結果がどうなったのか詳しく尋ねても不思議はない。

「この前、俺も文香ちゃんに大船の駅前でばったり会ったんだが」

と、滝野は続ける。篠川文香は栞子さんの妹だ。

「お前らがえらくよそよそしい、どっちに訊いてもなにがあったのか教えてくれないってさ。文香ちゃん、心配してたぞ。特にお前の顔がいつも以上にどんよりしてるって」

つい自分の顎を撫でてしまった。いつも以上には余計だが、自分の感情がそこまで分かりやすいとは思っていなかった。

ふと、滝野の右手に目が留まった。指の間に挟まれた短い煙草は完全に燃え尽きている。考えてみると俺がここへ来た時からそうだった気がする。ひょっとすると俺たちを心配して、話を聞くために待っていたのかもしれない。

「で、どうなんだ。フラれたのか？」

声は優しかったが、質問には容赦がなかった。

「そうじゃないんですけど、保留、って感じで」

「え？　あいつまだ返事してないのか？　もう四月も終わりだぞ」

滝野は呆れ顔で言った。確かに告白してから半月以上経っている。

「はい。でも、まだ時間がかかるみたいなんです」

「なんだそれ。どういうことだ？」

俺は素直に話し始める。正直、誰かに相談したい気持ちもあった。

付き合って下さいと言ってから、栞子さんは物思いに耽ることが増えた。返事は今日でなくてもいい、ゆっくり考えて下さいと付け加えたのは俺だったが、あまりにもゆっくりなのでだんだん不安になってきた。

こんな生殺しの状態がずっと続くのはたまらない。せめていつまで待てばいいのか、それぐらい確かめようと決めたのが三日前。一日の仕事が全部片付いてから口を開きかけたところに、彼女の方が俺に話しかけてきた。

「こ、こ、この前の、お話、ですけど……あの、お話、というのは……横浜（よこはま）で、大輔さんが、わたしに、言ってくれた、ことで……」

一言ずつしか話が進まない。いつも以上に緊張しているのか、白い頬にも血の気がない。ついに来たか、と姿勢を正して彼女と向かい合う。

「お待たせして、しまって、ごめんなさい……イヤな、思いを……」

「あ、いえ。そんなことないです」

真剣に考えてくれていることは分かっていた。だから今まで口を出さなかったのだ。彼女はうつむいて両手をもみ合わせていたが、やがて意を決したように顔を上げた。思った以上に距離が近い。上目遣いの大きな瞳に射抜かれて、俺の息が止まった。

「大輔さん、わたしは……あの、たぶん、重いです」

「は?」

「ま、前にもお話ししましたけど、もともと、けっ、結婚するつもりは、ありませんでした。でも、最近は、色々考えるようになって……」

考えるようになっただけでも驚きだった。以前とは全然違う。

「た、ただ、もし考えが変わっても、そ、そんなに多くの男の人と、お付き合いしないと思います……だから、どなたかと、お付き合いした場合、今度は逆に……ぜ、絶対ではないんですけど！　その……けっ、結婚を、かなり真剣に、考えてしまうかも……」

　要するに結婚を前提とした付き合いになるかもしれないということだ。結婚せずにとりあえず恋愛しようという発想がないのはこの人らしい。

「……分かってます」

　我ながら驚くほどすんなり答えた。深く意識していたわけではないが、俺には最初からそういう気があったのだと思う。彼女の顔に血の気が戻ってきた——いや、いつもより上気している。こんなことを言うわけだから、告白を受けてくれるんじゃないのか。期待で胸がふくらんだ。

「そ、そうですか。それなら……あの、実はわたし、まだ、済ませていないことがあります」

　俺は首をかしげる。なんだか想像とは違う流れだった。

「今は、お話しできないんですけど……わたしにとっては、大事なことで。さ、散々待たせてしまったのに、申し訳ありません。でも、あと少し待っていただけませんせんか？ お願いします」

彼女は深々と頭を下げる。俺は呆気に取られていた。とにかくなにかの事情があることしか分からなかった。まあ、ここまで待ったのだ。あともう少し、何日か待つぐらいなんともない。

「いいですよ。待ちます」

力強くうなずくと、彼女は顔を上げた。心底安心したらしく、唇にほんのり笑みが浮かんでいる。潤みかけた瞳にくらくらした。

「ありがとうございます！ 五月の終わりまでには、必ずお答えしますから」

「え……」

五月？ 今、五月って言ったか？ 念のためカレンダーを確認すると、今はまだ四月の終わりだ。ひょっとしてこの状態であと一ヶ月以上も待たされるのか？

「お前、それでいいって言ったのか？」

俺はため息をつく。いいとは思わなかったが、待ちますと言いきった手前、やっぱり待てませんとは言い直せなかった。

「それで、なにを済ませたいんだ。あいつは」

「よっぽど言いにくいことみたいで……なんなんですかね」

「俺に訊くなよ。あいつの考えてることなんて分かるわけないだろ」

滝野はひらひらと手を振ってから、ただ、と言葉を続けた。

「これだけ時間をかけるってことは、篠川にとってお前はそれだけ大事な相手ってことだ。あいつはなかなか他人に心を許さない。こんなこと滅多にないはずだぞ」

太宰治(だざいおさむ)の『晩年(ばんねん)』の初版本を差し出す彼女の姿が頭をよぎる。半年以上前になるが、周囲を騙(だま)してまで守った大事な稀覯本(きこうぼん)を俺に預けようとした――俺への信頼と、仲直りの証として。「本の虫」の彼女にとっては覚悟のいる決断だったはずだ。俺という人間の存在が軽いものでないのは確かだと思う。

といってもうぬぼれる気はなかった。大事な相手だからといって恋愛感情があるとは限らない。俺のことが好きかどうか、肝心なことを結局一言も口にしなかった。

彼女は頭が切れるくせに、自分自身のことになると極端に説明が下手(へた)だ。結婚していいと思ったとしても、俺を選ぶ気になるとは限らない。なにしろこっちは就職に失敗したただのフリーターだ。ぱっとしない学歴の他には、柔道の段位と運転免許ぐらいしか履歴書に書くことがない。

「なんだったら俺が訊いてやろうか。なにしようとしてるんだって」

「いえ、それは……大丈夫です」

本当に訊きたくなったら自分で訊ける。大した取り柄はなくても、それぐらいのプライドはあった。滝野も俺の答えを予想していたようで、そうだよな、とだけ言って話を終わらせた。

「にしても、そんな宙ぶらりんじゃお前も困るんじゃないのか。ずっと二人っきりで店にいるわけだろ」

俺は眉を寄せてうなずく。実はそれが今の一番の悩みだ。お互い変に意識してしまって、世間話もしにくい。自然と口数が少なくなっていた。

「話題、提供してやろうか」

「話題？」

「ああ。篠川が食いつきそうで、お前らの気分転換になりそうな」

そんな話題があれば是非欲しいところだ。お願いします、と頭を下げる。滝野は煙草を灰皿スタンドに捨て、意味ありげに微笑(ほほえ)んだ。

「ここんとこ、組合でちょっとした噂(うわさ)になってる客がいてな……お前、『ホウショゲッカン』って雑誌、知ってるか？」

2

北鎌倉に戻った頃には、雨はもう止んでいた。ぬかるんだ母屋の駐車場にライトバンを停める。母屋の鍵が閉まっていたので、線路沿いの店の入り口に回った。栞子さんは相変わらずカウンターの奥に座っていたが、店に入ってきたのが俺だと気付くと眼鏡の奥で黒い目を瞠（みは）った。

今日の彼女は明るい色のブラウスとデニムのロングスカートに、黒いエプロンといういでたちだった。暖かくなってきたので、カーディガンを羽織（はお）ることは少なくなった。珍しくつややかな長い髪を後ろで縛っている。顔の小ささがいっそう目立った。

「戻りました」

「あっ、お帰り、なさい……お、お疲れ様です」

声が明らかに上ずっていた。俺が近づいていくと、急に積み上がった本の角を揃（そろ）えたり、転がったペンを片付けたりし始める。自然に振る舞おうとして、あからさまに不自然になっていた。

「も、もし良かったら、休憩どうぞっ」

エプロンをかけている俺に声をかけてくる。

「大丈夫です。栞子さんこそ、休憩取ってないんじゃないすか。ずっと一人だったんでしょう」

と、俺。彼女よりは自然に話せていたと思う。

「わたし大丈夫です！　さっき文ちゃんに入って貰ったので。おっ、お気遣い、誠にありがとうございますっ！」

ぎこちない笑顔でなぜか握り拳を振り上げる。演説している政治家みたいだった。自分でもおかしいテンションだと気付いたのか、急に肩を落としてカウンターの上にぱたんと両手を重ねた。

「すみません……わたし、変ですね……いえ、いいです。本当に変なので。本当にすみません……」

確かに変なのでフォローのしようがなかった。

俺たちは気まずい雰囲気で仕事を始める。栞子さんは奥にあるパソコンの前に移動して、ホームページの更新をし始める。俺は俺で発送しなければならない通販の商品が溜まっていたし、その合間に問い合わせの電話も多かった。

用があって話しかけても、彼女は俺と目を合わせない。滝野の提供してくれた「話題」を切り出せたのは、目の前の仕事が一段落した後だった。

「そういえば、古書会館で滝野さんから聞いたんですけど」

栞子さんの反応はない。間に積み上げられた本の壁のせいで、彼女がどんな表情を浮かべているのか分からなかった。

「最近色んな店で、ちょっと変な客が来てるそうです……雑誌を売っていくんだけど、皆さん首をひねってるらしくて」

ややあって、背表紙の陰から彼女の顔が半分出てきた。

「なにが、あったんですか？」

興味をそそられたらしい。悪くない反応だった。

「栞子さん、『ホウショゲッカン』って雑誌、知って……」

古いキャスターを軋(きし)ませて、彼女は椅子(いす)ごと全身を現した。

「全部持ってます！」

瞳を輝かせつつ、エプロン越しでも見て取れる豊かな胸を張る。知っているどころの騒ぎではないらしい。

「どういう雑誌なんですか？」

実は滝野から雑誌の内容についてはよく聞いていない。篠川に詳しく説明してもらえ、ということだった。

「大輔さんもご存じのはずですよ。待って下さい」

椅子に座ったまま体を引っこめる。その後ろから覗きこむと、パソコンの下のスペースに手と顔を突っこんでいた。床に積み上げられた本の山から一冊取り出した。

「これです。見て下さい」

それは背表紙のある冊子だった。大判のコミックスと同じサイズで、雑誌というより薄めのブックレットという感じだ。オレンジ色の表紙には『彷書月刊』とある。

「あ、これか。見たことあります」

この店で働き始めた頃、時々カウンターの端に並んでいた。

「うちで取り扱ってましたよね」

古書店に新刊の雑誌が置かれているので、不思議に感じたことはあったが、手に取ったことはない。栞子さんが入院中で一人きりのことが多く、仕事を憶えるのに手一杯だったからだ。

「ええ、ちょっと特殊な雑誌で……どうぞ」

俺は『彷書月刊』を受け取って中を開く。二〇一〇年六月号で、もう一年近く前だ。特集は「豆本型録」。手のひらに収まるような小さな本――つまり豆本の特集らしい。

実際に作られた豆本や、その作り方が紹介されている。

「本についての雑誌、なんですよね」

「そうですね。『本好きの情報探求誌』を謳い文句にして、本に関係するユニークな特集を組んでいました。作家の特集はもちろん、蔵書票や絵葉書コレクションや廃刊雑誌などなど……そういえば、古本小説大賞の創設というのもありました」

「古本小説？」

「古本あるいは古本屋を扱った小説やエッセイを募集したんです。かなり応募もあったようですよ」

そんなジャンルの小説があるなんて初めて聞いた。ものすごく狭いテーマなんじゃないか？

「マンガや映画、近代史を扱った特集も多かったんですが、全体的には古書に関連したテーマを扱う雑誌です。編集人の田村治芳(たむらはるよし)さんは、古書店の経営者でもありましたし……」

栞子さんは目を伏せる。古書をテーマにした雑誌というのも驚きだが、古書店の経営者が発行していたとは。雑誌の発行と古書店経営、かなりかけ離れた職業に思えるが。

ふと、カウンターの上を見回した。どこにも『彷書月刊』はない。

「あれ、もう扱ってないんですか？」

「残念ながら去年、休刊してしまいました……三百号で。本当に、残念です」

彼女は低くつぶやいた。きっと思い入れの深い雑誌だったのだろう。

「月刊で三百号ってことは、昔からあった雑誌なんですよね」

「創刊が一九八五年……ちょうどわたしの生まれた年ですね」

今年は二〇一一年だから、去年までというと二十五年続いたことになる。

「古書に関する情報誌というと、戦前からずっと刊行され続けている『日本古書通信（にほんこしょつうしん）』が有名ですが、『彷書月刊』もかなり長い歴史を持っていました。古書に関心のある人が定期購読する雑誌の双璧だったと思います……『日本古書通信』もお見せしましょうか。こちらも目にしているはずですよ」

彼女はもう一度さっきのスペースに手を突っこむと、別の薄い冊子を取り出した。

週刊誌と同じ大きさの平綴（ひらと）じで、白っぽい表紙に『日本古書通信』と印刷されている。二〇一一年四月号——つまり今月号だ。言われてみれば見たことがある。というか、休憩から戻ってくる栞子さんがよく小脇に抱えている雑誌だ。

（ん？）

どちらの雑誌にも同じ色の付箋が挟まっていた。記事をチェックしていたらしいが、ふだん店で使っている付箋と同じ色なのが気になる。パソコンの下に目を凝らすと『彷書月刊』と『日本古書通信』ばかり積んであるらしい。

「……ひょっとして、そこで読んでたんですか。この雑誌」

細い肩がぎくっと震えた。図星だったらしい。

「ご、ごめんなさい。面白そうな特集やコラムがあると、つい斜め読みを……」

小さくなって頭を下げてくる。別に腹は立たなかった。仕事に関係する雑誌だし、合間に読むぐらいなら別にいいだろう。

「この付箋はなんなんですか？」

と、話題を変える。

「あっ、これはですね。この二誌の特徴なんですが……」

彼女は俺の持っていた『彷書月刊』に手を伸ばしてめくり始める。後半のページには書名らしいものがずらりと並んでいる。書名の下には価格があり、右上には店名と連絡先が印刷されている――「ご注文は葉書(はがき)かＦＡＸで」。

「これ、古書の目録ですよね」

一ページか二ページずつ、様々な古書店の通販目録が集まっているのだ。雑誌の後半はほとんど目録になっているようだった。

「そうです。一種の広告ですね……自家目録を作って配る以外にも、雑誌に目録を載せて、来店の難しいお客様から注文を受けることがあるんです。最近ではネットで販売するお店が多くなりましたけど」

うちもまさにネットで販売している。といっても、こういう目録に目を通すのを楽しみにしているマニアは今もいるだろう。現に栞子さんが付箋を挟んでいるのも、後半の目録のページのようだ。きっと熱心にチェックを――。

（ん？）

さっき斜め読みって言ってなかったか？　指摘する前に本人も気付いたらしく、泣きそうな顔でまた頭を下げてきた。

「すみません。隅々まで読んでました……」

さすがに呆れたが、文句を言う気にはならなかった。こう書くと恥ずかしいが、うっかり読書に耽ってしまう彼女も含めて好きだからだ。てきぱき仕事をする彼女だけではなく。

「あ、それで滝野さんから聞いた話なんですけど」

もう少しで忘れるところだった。彼女から話を聞くのが目的ではない。

「最近、このあたりの古書店に『彷書月刊』のバックナンバーをまとめて売りに来る客がいるんだそうです。結構年を取った女の人らしくて」

「……バックナンバーを、まとめて」

自分に言い聞かせるように繰り返すと、目を上げて先を促した。うって変わってきりりとした表情だ。本の謎を解く時の彼女だった。

「だいたい持ってくるのはいつも四、五十冊ずつ……金額にはこだわらないで売っていくんですが、一、二週間経つとまた店にやってくるんだそうです。『大事にしていたものなので、やっぱり手放すのをやめた。全部返して欲しい』って」

「えっ、でも、一度成立した買い取りを取り消すのは難しいでしょう？　第一、売れてしまっている場合もあるはずですし」

「そうなんです」

俺はうなずく。さっき古書会館でまったく同じ疑問を口にしたのだが、滝野の答えはこうだった。

「その場合、まだ売れ残っている『彷書月刊』を、店で売られている値段で全部買い取っていくそうです。欠けている号があっても、差額がいくらでも気にしないで……その後、買い戻したバックナンバーをまた別の店に持ちこんで、同じことを繰り返すって話なんです」

栞子さんは唇に拳を当てたまま動かなくなった。考えこんでいる時の癖だ。

「別に犯罪じゃないし、古書店の側が損をするわけじゃないんですけど、わけが分からないってことで、噂になってるんです」

沈黙が流れる。栞子さんの表情は妙な真剣さを帯びている。気分転換になるような軽い噂話のつもりだったのだが。

「蓮杖さんのところ……滝野ブックスにはいらしてないんですよね」

「え？　はい」

「そのお客さんが今までどのお店にいらしたのか分かりますか？」

「全部は聞いてないですけど、確か……」

思い出せる範囲で、店の名前を三つ四つ口にした。最近、俺も古書会館に行く機会が増えたので、どの店主とも挨拶ぐらいは交わしたことがある。神奈川県内にある、ビブリア古書堂のような個人経営の店だった。

「どこも黒っぽい本が中心のお店ですね。扱っているジャンルもうちと似通っています」

黒っぽい本、というのは長い年月を経た古書や専門書を指すらしい。ここ何年かで刊行された新しい本は「白っぽい本」だという。

「それがどうかしたんですか？」

俺は尋ねる。どうやら彼女には心当たりがあるようだった。

「実は大輔さんが古書会館に行っている間に、お客様から電話があったんです。年配の女性の声で『彷書月刊』をまとめて売りたいけれど、そちらでは扱っていますか、と」

思いも寄らない話だった。どう考えても例の噂の客だ。

「うちでは『彷書月刊』の古いバックナンバーがよく動くので、大丈夫ですとお答えしました。ただ、今のところ古書価がつくものではありませんし、高く買い取ることはできないこともお伝えしたんですが……金額はいくらでも構わない、夕方の五時ぐらいに持っていきますと……」

はっとして店の時計を振り返る。針は五時を回ったところだった。

突然、ガラス戸の開く音が響いた。

3

店に入ってきたのは青いレインコートを着た、背の高い女性だった。コートと同じ色の帽子から、真っ白な髪が見えている。きちんと背筋も伸びているが、かなり年を取っているようだ。引き結んだ大きな唇には強い意志が感じられる。肩には重そうなナイロンの買い物バッグをかけていた。

「さっきお電話した宮内ですけれど、雑誌の買い取りをお願いします」

柔らかな声で言い、カウンターにバッグを置いた。物腰も落ち着いている。おかしな売り買いをするような人物には思えなかった。

「は、はい。ありがとうございます」

栞子さんが杖を突いて立ち上がり、お辞儀をする。俺はバッグから『彷書月刊』を出してカウンターに積み上げ、客には買い取り票の記入を頼んだ。ちらりと覗きこむと、氏名は宮内多実子。年齢六十五歳。住所は東京都大田区矢口——。

(え?)

どうして東京から北鎌倉までわざわざ来るんだろう。もっと近くにいくらでも古書店があるはずだ。

持ちこまれた雑誌は五十冊ぐらい。どれも白っぽい背表紙で、さっき栞子さんから見せてもらった号よりもだいぶ古いようだ。「追悼・司馬遼太郎」や「山田風太郎見参!!」といった想像しやすい特集も多いが、「飲み屋の宇宙」なんていうものもある。どういう宇宙なんだろう。

俺が一歩引いて場所を空けると、栞子さんが代わりにカウンターに入って査定を始めた。慣れた手付きで雑誌をめくって状態を確認する。口を開くまでほとんど時間はかからなかった。

「お、お電話でも……んん、申し上げましたが」

裏返りそうな声を、咳払いで抑えこむ。つくづく接客が苦手な人だった。

「その、当店では、あまりお値段をつけられません……状態もよくありませんし、書きこみやページの折れもありますので……」

口ごもりながら説明し、金額を提示する。確かにあまり高くはなかった。

「この雑誌、もともと主人が大事にしていたものなの。古本屋さんが大好きで、古い本を集めている人だったけれど……ページの端を折って、書きこむ癖があったから」

宮内と名乗った女性がつぶやく。過去形で語るということは、もう夫はいないのかもしれない。

「その値段で結構よ。お願いします」

あっさりと交渉はまとまり、栞子さんはレジから出した代金を手渡した。

「近くに来たら、また寄るわね」

そう言い残して、踵(きびす)を返して日の傾き始めた道路へ出て行った。ありがとうございました、と俺たちは頭を下げる。

カウンターの中にある椅子に腰を下ろした栞子さんは、買い取った『彷書月刊』を改めて確認し始めた。

「一九九〇年代に入ってからの号ばかりですね。平綴じになる前、創刊号から初期の号が揃っていれば、もう少しお支払いできたんですが……」

と、残念そうに言う。

「これ、店に出すんですか」

「もちろんです。お客様の事情はどうあれ、買い取ったことには変わりありませんし」

近くに来たら寄る、という言葉が俺の中で引っかかっていた。買い戻しに来ることをほのめかしている気がする。

「どういう事情だと思います？」

この人なら分かるかもしれないと思ったのだが、彼女はむー、と口を結んで大きく首を傾ける。普段隠れている耳からうなじのラインがこちらを向いて、つい動揺してしまった。

「まだはっきりしたことは言えませんが……」

一冊取って、端の折られたページを開く。載っているのは例の目録で、書名の上に黒いペンで丸がついていた。カイヨワ『石が書く』。函（はこ）とカバーつき。

「欲しい本をチェックしてたんですね」

「ええ……書きこみのある目録を見ていると、持ち主について色々なことが分かるんです。読書傾向や古書の集め方など……この方は稀覯本を集めるというより、その時々に読みたいものを買っていた感じでしょうか。幅広く読んでいますが、特にフランス文学やフランス現代思想に関心があったようですね」

もちろん俺は読んでいないが、フランスの文学や哲学の本ならうちにもそれなりに在庫があったと思う。

「わたしが気になっているのは、この書きこみです」

彼女は右上の店名の横を指差す。「新田」という走り書きがあった。

「しんでん……？」

「にった、じゃないでしょうか」

新田（にった）——人の名前かなにかか。

「どの号にも必ず書かれているんです。書きこみのあるページに」

俺は「山田風太郎見参!!」の号を手に取った。折れ目のついたページを開くと、山田風太郎へのインタビュー記事が載っていて、発言の一部が黒いペンで囲ってある。目録だけではなく、気になる記述があると書きこむ癖があったようだ。そのページの端にもやはり「新田」の二字が見える。

「じゃ、なにかチェックするたびに『新田』って書いてたんですか？　この持ち主」

意味が分からない。誰の名前だったとしても、いちいち書きこむ必要がどこにあるんだろう。

「今のところは他に考えようがないですね……それともう一つ、ここにも変わった書きこみが」

と、今度は積み上がった『彷書月刊』の背表紙の角を指差した。「弘隆社（こうりゅうしゃ）」という社名の下に、小さな黒い丸が書きこまれている。すべてのバックナンバーに同じ印が入っていた。

「なんなんです、これ」

「これも意味があるんでしょうが……はっきりしたことは……」

結局、すべて謎というわけだ——あの女性が東京から奇妙な売り買いをしに来る理由も、この『彷書月刊』への書きこみの意味も。

「とにかく、値付けをして棚に差してみましょう。なにか起こるかもしれません」

4

俺たちは入荷した『彷書月刊』をビニールに包み、店にあった在庫をいくらか足して一つのセットとして棚に並べた。なにか起こるかも、と栞子さんは言ったが、数日はなにも起こらずに過ぎた。

俺は滝野に感謝していた。告白する前ほどではなかったが、彼女はいくらか普通に話してくれるようになった。きちんと礼を言おうと思う。

異変があったのはその週の木曜だった。

平日だというのに朝から本の買い取りの依頼が多く、査定と品出しでホームページの更新も中断するしかなかった。

正午過ぎに客足が途切れたところへ、見慣れた坊主頭が威勢よく入ってきた。年齢は五十代の後半、襟がよれよれになったオレンジ色の長袖のTシャツと、やたらにポケットの多いメッシュのベストを着ている。

せどり屋の志田だ。新古書店などで安く仕入れた古書を転売して生計を立てている。住んでいるのは鵠沼(くげぬま)の橋の下——つまりホームレスでもある。

今日は一人ではなく、細いステッキを手にした、眼鏡の年配の男性を伴っていた。志田より二回りは上に見える。白いあごひげを生やし、仕立てのよさそうなシャツの下にグリーンのスカーフを巻いている。最近よく一緒に来て、海外文学全集の端本(はほん)や西洋史の専門書を買っていく。

「よう青少年。元気に働いてるか」

志田は屈託のない笑顔で言い、本の詰まったビニールシート地のバッグをカウンターにどすんと置いた。

「あ、どうも」

と、俺は頭を下げる。

「買い取り頼むわ。姉ちゃんは?」

「は、はい。志田さん……こんにちは」

本の壁の端から栞子さんも顔を出した。

「またそんなとこに隠れてんのかよ。取りこみ中か？」

「今は、それほど……でも、他のお客様からお預かりした本を、査定しているので、十五分ぐらい、お時間……」

「あー、別にいい、いい。店ん中ダラっと見てっから、ゆっくりやんな」

勝手に買い取り票に手を伸ばし、さらさらと記入し始めた。俺はバッグの中身をカウンターに移し始めた。今日は古書マンガだ。横山光輝や石森章太郎の作品が多い。冊数を確かめながら、俺は志田の坊主頭をちらりと眺めた。

なにごともなかったように振る舞ってはいるが、俺が志田を見る目は以前と変わった。この人は栞子さんの母親——篠川智恵子の古い友人で、こっそり連絡を取り合っていた。何年もの間、篠川家の内情を伝え続けていたらしい。

俺が気付いたのは今月に入ってからだった。志田に問いただしたところ、すべてを認めて今後スパイじみた真似はしないと誓った。もともと家族の近況を知りたいという友人の希望に応えただけで、決して悪気はなかったと思う。

それでも俺は以前のように気軽に接することはできなかった。志田に、というよりは、背後にいる篠川智恵子に対する警戒心のせいだ。彼女は自分とそっくりの娘を、パートナーとして迎えたがっているようだ。俺としては指をくわえて眺めているわけにはいかない。

「じゃ、査定終わったら声かけてくれ」

志田は親しげに俺の腕を叩いて、連れの方へ歩いて行った。志田が店に一人で来なくなったのは、篠川智恵子との繋がりが俺に知られてからだ。他に誰もいないところで、俺たちと向かい合いたくないのかもしれない。

本を立ち読みしていた老人は、志田が近づくと品のいい微笑みを浮かべた。引退した大学教授という感じだが、どこでなにをしている人なのか、年の離れたホームレス兼せどり屋とどこで親しくなったのか、そういえば聞いたことがない。

「大輔さん、こちらの査定、終わりました」

栞子さんの声に我に返った。買い取り額別に付箋のついた本の山を受け取って、代わりに志田の持ちこんだ古書マンガを彼女の前に積み上げる。

「次、お願いします」

「分かりました」

視線を合わせると、ぎこちなく笑みを返してくる。

（この人、知ってるんだろうか）

志田が自分の母親と繋がっていたことを。時々、不安にかられる。逆ならともかく、俺が気付いて彼女が気付かない、なんて本当にありうるのか？　もし理由があって黙っていたとしたら、俺がぶちこわしにしてしまったんじゃないか？

「どうかしました？」

「いや、なんでもないす」

　首を振ったところに店の電話が鳴った。慌てて受話器を取ると、在庫と価格の確認だった。湊書房（みなとしょぼう）刊行の『甲賀三郎（こうがさぶろう）全集』。俺は通話を子機に切り替えてカウンターの外へ出た。確か推理小説の棚の上に置いてあったはずだ。店のどこになにがあるか、最近ようやく分かるようになってきていた。

　天井（てんじょう）近くを見上げながら応対していると、棚の端にいる例の老人の姿が目に入った。数日前に出した『彷書月刊』セットの前に立ち止まり、眼鏡をずらして背表紙を見つめている。

（ん？）

　彼は黒い丸が書きこまれた角の部分を指でなぞっていた。ちょうど近づいてきた志田に向かって、背表紙をつつきながら小声でなにか話しかける。そうみたいですねえ、と志田が応じ、背後を通りすぎていった。その後も老人はセットの前から動こうとしない。

電話をしながらだったので、目にしたのはそれだけだ。それでも、あの印に興味を惹かれている様子は印象に残った。

カウンターに戻ってからも、老人にそれとなく注意を向けていたが、志田ともう一度言葉を交わしてから、ステッキを突いて出て行ってしまった。

「……し、志田さん、お待たせしました」

栞子さんが声をかけると、志田が軽い足取りでやってきた。彼女が買い取り額について説明する間、俺はレジの前に立って店の外を眺めていた。老人が戻ってくる様子はなかった。

「大輔さん……お支払いを」

気がつくと二人が俺を見つめていた。いつのまにか話がまとまっていたらしい。

「あ、すいません」

レジを開けて志田に代金を手渡す。

「さっきの方、もう帰られたんですか」

俺の視線につられたように、志田も背後を振り返った。

「いや、外で休んでるはずだぜ。見りゃ分かるだろうが、足が悪いんだよ」

「最近よく一緒に来ますね」

「ん、お前らに話したことなかったか？　あの人のこと」

　俺は首を横に振ってから栞子さんを見る。彼女も知らない様子だった。

「半年ぐらい前だったかな。あの人が藤沢の市民会館の前のベンチで本読んでるとこに、俺が自転車で通りかかってよ。お互い本が好きだし、境遇も似てたんで意気投合したんだ。三年ぐらい前までどこかの会社を経営してたんだが……今はこっちで一人暮らししてるんだと。家族はいねえらしいぜ」

　志田は変わったきっかけで読書仲間を見つけるのが得意だ。去年、大事にしていた文庫本を盗んでいった女子高生とも、本の貸し借りをする仲になっている。

「どこに住んでる方なんですか？」

「藤沢の鵠沼だ。江ノ電の石上駅のそばだったかな。昔は古書店巡りが趣味だったんだが、ここんとこ足を悪くして、電車に乗るのが億劫になっちまってるって言うからよ。俺の手が空いてる時に付き添いと荷物持ちをやってるんだ。

　今日もこれから鎌倉駅の方まで足を延ばす予定だ。あっちの方にはいくつも古書店があるし、帰りも江ノ電で一本で帰れるしな」

　一気にまくし立ててから、志田はぐっと顔を寄せてくる。

「急にあれこれ訊いてくるじゃねえか。どうかしたのか？」

すべて打ち明けるべきか迷ったが、結局俺はそうしなかった。まだこの人を以前のように信用しきっていない。

「ちょっと気になったんです。最近よく買ってくれるお客さんなんで」

俺の表情から言葉以上のものを読み取ったのかもしれない。志田は手元に視線を落として、さっき受け取った金をズボンのポケットに突っこんだ。

「まあ、いい人だぜ。笠井みたいな奴とは違う」

突然出てきた名前にどきりとした。笠井は田中敏雄という男が使っていた偽名だ。栞子さんが持っている太宰の『晩年』を奪うために階段から突き落とし、彼女が入院している間にこの店に入りこもうとしていた。

結局、田中は警察に逮捕され、いくつもの余罪も含めて裁判を受けている。半年以上経った今でも、栞子さんの傷は完全に癒えていない。

「さっき『彷書月刊』のセットの前で話してましたよね。どうかしたんですか」

「ん？　ああ、『これだけのセットになるとちょっと値が張るね』って言うから、そうみたいですねって答えただけだぞ。それがどうかしたのか？」

老人の口真似が意外に似ている。変なところで器用な人だった。

「……いや、買ってもらえたら嬉しいと思ってたんです。この前入荷したんですけど、かなり場所取ってるんで」

うまく取り繕えた自信はない。志田はちらりと俺の表情を探ったが、それ以上尋ねようとはしなかった。

「なんだ、そうか……じゃ、俺そろそろ行くわ。外にあの人待たせてるしよ」

軽く手を上げて店の外へ出て行った。

二人きりになってから、俺はさっきの出来事を栞子さんに説明した。『彷書月刊』の背表紙の印に、あの老人が強い興味を示していた。

「どう思います？　あのおじいさん、なにか知ってるんじゃないですか」

栞子さんはしばらく考えをめぐらせている様子だったが、やがて静かに首を振った。

「そうは言いきれないと思います。本の状態を気にされる方なら当然の行動ですし、わたしたちと同じように、妙な印があると興味をお持ちになっただけかもしれません。あんな風にずらりと並んでいれば、小さな印でも目立ちます」

「あ……なるほど」

一気に興奮が醒めていった。『彷書月刊』の謎の手がかりをつかんだと思ったのだが、そんなに甘くなかったらしい。

「わたし、他のことが少し引っかかっていて……志田さんのことですけど」

俺は肝を冷やした。志田と俺の微妙な雰囲気に気付いたのかと思ったが、彼女の話は意外なものだった。

「志田さん、お連れの方の名前をおっしゃいませんでした。お住まいや、知り合われた場所の話は具体的だったのに」

「あれ……？」

そういえばずっと「あの人」だった気がする。でも、そんなに大事なことだろうか。

「たまたまじゃないですか」

「かもしれませんが……でも、考えてみるとさっきだけではないんです。今まで何度かお二人で来店されてますけど、わたしの記憶の範囲では、志田さんがあの方のお名前を口にされたことはありません。大輔さん、聞いたことは？」

「……俺もないです。そういえば」

志田の声はよく響く。店内で人の名を呼べば確実に聞こえるだろう。

「名前出すのを避けてたってことですか？」

「わたしはそう感じました……もちろん、たまたま機会がなかっただけ、という可能性もありますが」

だんだん俺も気になってきた。本当に「いい人」なら、名前を伏せる理由はないはずだ。なにかあの老人に名前を隠したい事情があり、志田もそれを知っているとしたら、さっきの話をそのまま信じるわけにはいかない。

（笠井みたいな奴じゃねえ）

田中敏雄のことを思い出して、俺はぶるっと身震いした。あまり疑いたくはないが、用心するに越したことはない。いくら頭の回転が速くても、栞子さんの体は自由に動かない。身近にいる俺が守らなければならないのだ。

5

仕事を終えて大船の自宅に帰った時には、すっかり日が沈んでいた。

スクーターを停めて、通りに面した引き戸の鍵を開ける。俺の実家は定食屋だった建物の二階だが、今は明かりが点いていない。さっき同居している母親から、同僚と飲んでくるので遅くなるというメールがあった。

一人で自炊して食べるのも面倒だったので、なにか買ってくることにした。物置代わりの元店舗にスクーターを押しこむと、再び鍵を閉めて商店街へ向かう。

なにを食べようか考えていると、耳障りな着信音が携帯から聞こえてくる。地震の直前に送られてくる警報だ。俺も含めて歩道にいる人々が、一斉に立ち止まって携帯やスマホを確認し始める。減ってはきているものの、大きな余震がなくなったわけではない。

しばらく待っても揺れは感じられなかったが、なんとなく駅前まで行く気がなくなっている。ちょうど目の前にモスバーガーの看板があったので、それで済ませることにした。俺には少し値段が高めだが、ちょうど給料も出たばかりだ。日暮れで見えにくくなった黒板のおすすめメニューに目を凝らす。

半開きの自動ドアから、誰かが豪快に体をぶつけながら飛び出してきた。ぎょっと顔を上げると、ポニーテールの女子高生が紺のブレザーの肩をさすっている。よほど急いでいたらしい。

「あ、いってえ……ってやっぱり五浦さんだ。こんばんは」

ぶつけた方の腕を軽く上げて挨拶してくる。栞子さんの妹の篠川文香だった。姉とはまったく違う元気な少女で、俺の卒業した北鎌倉の県立高校に通っている。

「こんばんは……大丈夫？」

「平気平気。なにしてんの、こんなとこで」

「晩飯買いに来ただけ。文香ちゃんは？」

「友達とそこの予備校へ資料もらいに行って、帰りにここの二階でお喋りしてた」

そういえばこの子はもう高校三年生で、来年は大学受験だ。俺があの店で働き始めてから半年以上——月日が流れていることを実感する。俺の方は相変わらずただのアルバイトだが。

「友達、待たせてていいのか」

と、俺は尋ねる。挨拶が済んだのに、彼女は店内へ戻ろうとしなかった。

「よくはないけど、五浦さんに話したいことがあって。今夜あたり電話しようと思ってたから……あのさ、お姉ちゃんと仲直りしてくれてありがとう」

「……仲直り？」

「あれっ、ケンカしてたんだよね？」

そう見えていたのか。とはいえ、こんな人目のある場所で詳しく話しにくい。

「ケンカじゃなくて……お互いに気まずかっただけだよ。この前出かけた時がきっかけで、ちょっと……色々あって」

「ふーーん……そっか。まあ、だったらいいけど」

あやふやな説明にあやふやな反応を示した。あまり突っこんで欲しくないというニュアンスを感じ取ってくれたのかもしれない。

「とにかく、これからも五浦さんにはお姉ちゃんと仲よくしてて欲しいんだ。彼氏とか彼女とか付き合うとか、そういうのは別にして」

俺もそのつもりだ。ただ、できれば恋人として付き合いたい。

「お姉ちゃん見た目きれいだけど、中身は色々面倒くさいじゃない。あたしの知ってる限りで、男の人とこんなに仲よくなるなんてなかった……でね、この前晩ご飯の時、お姉ちゃんに訊いてみたんだ。五浦さんのことどう思ってるのって」

俺は息を呑む。おかずの味付けの話みたいにさらっと出てきたが、今一番核心を突く質問だ。両手に力がこもった。

「それで、栞子さんはなんて……？」

「一緒にいるとすごく安心する……お父さんみたいな人だって」

上がりかかった体温がすっと下がった。俺にとっては不吉な誉め言葉だ。「お父さんみたいで安心できますが、恋愛感情はあまり……」と断られてもおかしくない。

「ごめんごめん。うちのお父さんよりずーっと若いのに嫌だよね。五浦さん、お姉ちゃんよりも年下なんだし」

慌てたように篠川文香は言った。俺の微妙な反応を別の意味に取ったようだ。嫌なわけじゃないと弁解する前に、彼女は話を続けた。

「五浦さんには悪いんだけど、あたしもそれ聞いてちょっと納得したの。うちって男の人いないじゃない……お父さん、死んじゃったから」

二人とも口をつぐむ。

突然、自転車が後ろから迫ってきて、考えるより早く足が前に出た。彼女を庇いながらブレザーの肩に手を当て、歩道の奥の方へ押す。ぎりぎりで通りすぎる自転車を見送ってから、俺は胸をなで下ろした。

「ありがとう」

彼女はにっと白い歯を見せた。

「安心するって、今みたいなことだよ……あたしね、心細かった時期があったんだ。お姉ちゃんが怪我で入院して、うちにも空き巣が入って……結局、どっちもあの田中敏雄って奴のせいだったんだけど。

そういう頃だったから、五浦さんのことも最初気味が悪いと思ってた。悪い人には見えなかったけど、見た目ごっつくて無口なのに、あのお姉ちゃんから信用されて働き始めたじゃない？　なにがあったんだろうって」

確かに一週間ぐらいはあからさまに監視されていた。一人きりで店番していた店に、突然見ず知らずの男が入りこんでくれば警戒するのも当たり前だ。

「でも、すぐに大丈夫だなって思った。すごく真面目に働くし、ちゃんと接客もしてるし……今考えたら、どこかお父さんに似てたせいかも。お姉ちゃんもそんな風に感じたんじゃないかな。それに、本当に助けてくれたし」

「え？」

「お姉ちゃんが田中敏雄に襲われた時、病院の屋上で投げ飛ばしたんでしょ」

と、背負い投げらしいしぐさをする。俺は噴き出しそうになった。

「燃えてる本を追いかけて、あいつが飛び降りようとしたから止めたんだよ。大したことはしてない」

「またまた、謙遜しちゃって」

謙遜したつもりはなかった。俺は確かに体を張って取り押さえたが、栞子さんを本当の意味で守ったのは彼女自身だと思っている。太宰の『晩年』に執着する田中を諦めさせるために、目の前でレプリカに火を点けたのだ。

俺たちだけが真相を知っている――そして、おそらく田中と俺が親戚同士だということも。

それはあの事件に限ったことではない。彼女が本の謎を解くたびに、二人だけが知っている真相が増えていく。彼女が俺に「安心」するようになったのは、秘密の共有を積み重ねたせいかもしれない。

俺にとってはそれも含めて恋愛なのだが、彼女にとってはどうだろう。あの人はなにを考えているのか——結局、すべてはそこに行き着く。

「最近、栞子さんに変わったことないかな。どこかへ出かけたとか」

篠川文香は記憶を辿るように目を上げた。

「別に……あ、夕方とか夜によく電話してるけど」

「電話？」

「昔からのお得意さんだと思う。たぶん、お探しの本が入りました、とかかな。接客苦手なのに、最近そういうの頑張ってるんだよね。どうしたのって訊いたら、お客さんから情報を得るのは大事なことだからって……」

聞き覚えのある言葉だった。篠川智恵子がビブリア古書堂に現れた時、そう娘にアドバイスしたのだ。その場では反発していたが、結局実行しているのだろう。

「あと、この前の休みの日、裁判の傍聴に行ったよ。証言した時以外、今まで行ったことなかったのに」

「裁判って、田中の？」

彼女はこくりとうなずいた。

「そうか、まだ終わってないんだよな」

あの事件からもう半年以上経っている。本人も罪を認めて捜査に協力したと聞いたので、もっと早く済むと思っていた。

「お姉ちゃんの事件の方は片付いたんだけど、ネットオークションとかでお金をだまし取ってて、そういう小さい事件の審議が続いてるんだって……お姉ちゃんから、なにも聞いてない？」

「いや、あまり」

栞子さんは裁判についてほとんど語らない。興味を持っているようにも見えなかった。だから俺もわざわざ触れなかったのだが。

「それがさ、あいつの刑期って思ったより短くなるみたい」

「えっ？」

「病院でお姉ちゃんの本を持っていこうとしたり、脅したりしたのは有罪になりそうなんだけど、それ以外の……お姉ちゃんを階段から突き落としたりとか、五浦さんが働く前にやったことは、全部罪にならないみたいなんだ」

俺は絶句した。栞子さんはあの時に負わされた怪我のせいで、今も杖を手放せない生活が続いている。当然、重い罪に問われるはずだ。

「あいつ、全部自白したんじゃなかったのか」

「自白はしたんだよ。でも、証拠がないから、立件ができなかったんだって」

「そのこと、栞子さんはなんか言ってた？」

「よく分かんないんだけど、あんまり気にしてないんだ。仕方がないわよって。仕方ないわけないよね？」

この子は納得していないようだが、本人がどういうつもりで言ったのか俺には分かる。彼女は田中を病院へおびき寄せるために被害届を出さなかった。裁判で立証が難しくなるリスクも承知していたはずだ。

「ま、何年かは刑務所に入るみたいだけど。たぶん執行猶予とかもないって」

それを聞いてほっとした。当面の間、あの男が俺たちの前に姿を現すことは絶対にないということだ。

刑期の話はともかく、急に栞子さんが傍聴に行ったことが引っかかった。重要な審議がもう終わっているならなおさらだ。ひょっとすると、告白の返事を先延ばしにしていることと、なにか関係があるんだろうか？

「ん？　なにが言いたかったんだっけ……あ、そうだ。お姉ちゃんのこと、これからもよろしくね。あたし受験で忙しくなるから、五浦さんにも注意してて欲しいんだ。

またなんか起こったら嫌だし」

どっちが保護者か分からなかったが、俺も同じ意見だった。告白の返事はともかく、なにをしようとしているのかぐらいは、ちゃんと尋ねた方がよさそうだ。

「分かった。気を付ける」

と、俺は言った。

6

次の日の朝、俺は開店準備を早めに済ませた。空気を入れ換えるために、表のガラス戸を開け放って店の奥へ戻る。

栞子さんがカウンターの中で釣り銭を数えてレジに移している。作業を終えてレジを閉めたところで声をかけた。開店前の今が一番落ち着いて話せる。

「ちょっといいですか」

コインカウンターを持ったまま、彼女は俺を見つめ返してくる。気恥ずかしかったが、ここでためらったら負けだと思った。

「告白の返事、待つのはいいんですけど、なにをしようとしてるのか、教えてもらえませんか」

とたんに黒い瞳が俺から逸れる。長い睫毛がきれいだった。

「田中敏雄の裁判の傍聴に行ったことと、なにか関係があるんですか」

「……文ちゃんから聞いたんですか？」

「はい」

彼女は呆れたように眉をひそめた。

「もう、なんでも話すんだから……あの裁判とは関係ありません。今は大輔さんに話せないことです。ごめんなさい」

感情のこもらない謝罪の言葉にむっとした。もう少し言い方はあるだろう。

「万が一のことがあったらって思ったんです。こっちも心配になるんで」

つられて俺の声も硬くなる。眼鏡の奥で彼女の目が細くなった。

「わたし、そんなに子供じゃありません……そんなことより、仕事して下さい」

棘を含んだ言葉だった。そんなこと、と言われては黙っていられない。この人は命の危険に晒されたことを忘れているんじゃないのか。

「ずっと思ってましたけど、ちょっと自分のこと隠しすぎじゃないですか」

自然と声が大きくなる。もう一人の冷静な自分が、こんな言い合いして大丈夫かと頭の片隅で警告を発していた。だからといって引き下がる気はない。彼女の方だって同じだろう。

「なにを考えてて、なにをしようとしてるのか、もう少し話してくれてもいいんじゃないですか。こっちだってどうしたらいいか困る時があるんです」

「そんな……で、でも、返事を待って下さいって言ったら、待ちますって言ってくれたじゃないですか」

「今度だけじゃない。前からの話です」

「前からのことを、今になって急に言い出さないで下さい。わたしだって困ります。言わないのは……その、理由があるからです」

「だから、その理由はなんなんですかって訊いてるんです」

「話を聞いてなかったんですか？　わたしのことなのに、どうしてそんなにしつこく訊かないといけないんですか？」

「好きだからです！」

しんと店の中が静まりかえった。初めての言い合いはよく分からない告白で終わった。どうしてこんな流れになったのか、我ながら頭を悩ませていると、不意にがたんと椅子が鳴った。栞子さんが腰かけたまま肩を震わせている。気分が悪――くはなさそうだ。こめかみまで真っ赤になっている。

「きゅ、急にそういうこと言うの、や、やめて下さい！　……ずるいです」

彼女はぎゅっと目を閉じ、うつむいた顔をコインカウンターで隠した。

「しっ、仕事、できない……」

か細い声を絞り出す。俺はごくりと唾を呑みこんだ。なんで最初に告白した時より照れてるんですかと突っこむ余裕もなかった。こんな反応を見せられたら理性が飛ぶ。俺はコインカウンターをゆっくり取り上げる。目を閉じたままだが、抵抗はしなかった。彼女の茹で上がったような頬に触れようとした時、

「……すまん」

背後からの声に飛び上がった。おそるおそる振り向くと、メッシュのベストを着た小男が、いかにもばつが悪そうに坊主頭を撫でていた。

「取りこんでるとこ本当にすまん！　買い取り、頼みに来たんだが」

志田はそう言って、両手に提げた大きなバッグを目の高さに掲げた。

すぐに戻ります、と言い残して栞子さんは母屋に引っこんでしまった。気を鎮めようと深呼吸でもしているのだろう。仕方なく俺が本を受け取り、買い取り票を差し出

す。しばらくの間、二人とも口をつぐんでいた。

まだ開店時間にはなっていない。

話をどこまで聞かれていたのか、確かめる勇気もなかった。いたわるような生温かい目つきから察すると「好きだからです！」の時にはもう店の中にいたはずだ。叫びながら逃げ出したい気持ちを抑えるのに必死だった。

「……なあ」

ボールペンを走らせながら志田がぼそっと言った。

「はい」

「若いって、いいよな」

「すいません、勘弁して下さい」

「いや、からかってるんじゃねえんだ。そうやってくっついたり離れたりしてよ、怒ったり笑ったりする時間が、お前らにはたっぷりあるんだなって思ってよ……俺らみたいな年寄りとは、まるっきり違うんだ」

自分自身のことを振り返っているような、しんみりした声だった。

「志田さんだって、時間あるじゃないですか」

まるで違うというほど年を取っていないはずだ。しかし、志田は苦笑しながら首を横に振っている。

そこへ母屋に通じるドアが開いて、杖を突いた栞子さんが戻ってくる。

「お、お待たせして、申し訳ありません」

と、志田に頭を下げる。頬にはまだ赤みが残ったままで、俺の方を一切見ようとしない。異性として一応俺を意識しているのだろうが、結局どう思っているのかはっきり分からない。彼女がまだ俺に返事をしておらず、その理由の説明まで拒んだことに変わりはなかった。

「あの、本を……」

カウンターの奥に腰を下ろし、前を向いたまま彼女はつぶやいた。話しかけられているのは俺だ。慌ててバッグから本を出す。

外国の哲学や文学の本が中心のようだ。『ジョルジュ・バタイユ著作集』や『生田（いくた）耕作（こうさく）コレクション』など、函に入ったハードカバーが多い。何冊か『東京人（とうきょうじん）』という雑誌が混じっていたが、どれも神田神保町（かんだじんぼうちょう）の特集号だった。

栞代わりなのか、折りこみチラシを細く切ったらしい紙があちこちに挟んである。保存状態はよく、破れや折れも見当たらない。大事に仕舞いこまれていたもののようだった。

「どこで仕入れたんですか？　この本」

と、俺は尋ねる。他の古書店で売られていたようには見えない。志田はちょっと間を取るように額を爪でかいた。

「実はな……昨日俺と一緒に来た、あの人の本なんだ。本人もここへ来るはずだったんだが、外せない用ができちまったみたいでよ。俺が一人で代わりに持ってきたってわけだ。まあ、よく見て買い取ってくれ。この店にゃ向いてる本だと思うぜ」

そう言い残してカウンターを離れ、いつものように棚を見て回り始める。俺はその背中を目で追った。栞子さんが指摘した通り、志田はあの老人の名前を口にしようとしない。買い取り票に書かれているのも志田の名前だ。

「……大輔さん」

栞子さんが小さく俺を呼び、カウンターに積み上がった本の向きを変えた。いつのまにかすっかり冷静さを取り戻していた。

「あっ……」

バッグから出した時は気付かなかったが、よく見るとすべての背表紙やカバーの角に小さな黒い点が打ってある。あの『彷書月刊』に入っていた印とそっくりだった。

俺は一番上に置かれていた『東京人』を手に取って、栞の挟まっているページを開いた。「厳選！　おすすめ古書店ガイド」のページで、気になったらしい古書店が黒いペンで囲まれている。

「どういうことですか？」

　俺はひそひそ声で尋ねる。

「これだけではなんとも……とにかく、査定します」

　彼女が本の状態を確かめ、金額の書きこまれた付箋を貼っている間、俺は頭の中で今までのことを整理していた。宮内多実子という年配の女性が、奇妙な印の入った『彷書月刊』を、方々で売ったり買い戻したりを繰り返している。もともとの持ち主は夫だと言っていた。そして、志田と親しい老人がこの店に売ろうとしている本にも、同じ印が入っている。

「……フランス文学やフランス現代思想の関連書籍が多いですね」

　栞子さんが小声で言った。『彷書月刊』の持ち主が目録でチェックしていた古書の多くも、そういうジャンルだったはずだ。

（もともとの持ち主は同じだったってことか？）

　そういえば、あの宮内という女性は持ち主が死んだとは言わなかった。単に別れた夫が置いていった雑誌なのかもしれない――あの老人と結婚していたにしては、少し年が離れている気もするが。

「これ、見て下さい」

彼女はさっき俺が見た『東京人』を開いている。意味が分からずに戸惑っていると、続けて耳元で囁いてきた。

「……『新田』がありません」

「あ、本当だ」

言われてみれば、『彷書月刊』に必ず書きこまれていた二文字が見当たらなかった。念のため査定済みのハードカバーも開いたが、結果は変わらなかった。持ち主が同じだとしたら、どうして今日持ちこまれた本には書きこみがないんだろう。まったく分からなかった。

「志田さん」

栞子さんの呼びかけに、志田がカウンターに戻ってくる。

「状態はいいんですけれど、書きこみがかなり……鉛筆ではないので、消すこともできませんし……」

「ああ、それはしょうがねえ。分かってる分かってる」

志田はうんうんとうなずいてみせる。

「一応、持ち主にも話しといたんだ。本文にも書きこみがあるんじゃ、買い取りはだいぶ安くなるってよ。覚悟してると思うぜ」

栞子さんが金額を提示すると、志田はあっさり承諾した。代金の支払いが済んでから、彼女は世間話のように尋ねた。

「これは、どういう印なんですか？」

と、マルセル・エーメ『他人(たにん)の首(くび)　月(つき)の小鳥(ことり)たち』の背表紙を見せる。志田はぎょろりと剝いた目を近づけて、なんだそれか、と笑った。

「こいつはな、あの人が読み終わった本につけてる目印だよ。読み終わったのがどの本なのか、一目で分かるから便利なんだと」

「自分が読んだかどうか、分からないもんなんですか」

俺は口を挟んだ。

「手持ちの本が増えすぎれば、そうなっても別に不思議はねえだろう。年取ってくると物覚えも悪くなるしな」

一つ謎が解けた気がする。次々と大量の本を買う癖がある人の知恵だろう。

「そういや、俺たちが親しくなったのも、この印がきっかけなんだぜ」

志田は俺たちの顔を交互に見ながら続ける。

「昨日話したろ。市民会館のベンチにいたあの人に声をかけたって。あそこで本読んでる年寄りなんか珍しくもねえけどよ、背表紙になにやら書きこんでたんで、面白いことしてんな、って思ったんだ。話しかけたら案の定面白いじいさんで、すっかり意気投合したってわけだ……あ、いけね」

なにか思い出したように大股で店の隅へ歩いていき、すぐに本のセットを抱えて戻ってくる。俺ははっとした。それは例の『彷書月刊』のセットだった。

「ど、どうするんですか、それ」

「本を売った代金でこいつを買ってきてくれって頼まれてたんだ。昨日、この店で見かけて、どうしても欲しくなっちまったんだと」

俺は栞子さんと顔を見合わせる。こうなるととても偶然とは思えない。

「このセットにも、同じ印がついてますよ」

俺はビニールに包まれた『彷書月刊』の背表紙を指差す。この店にあった在庫を少し加えているが、それ以外のほとんどの号に黒いペンで小さな丸が書きこまれている。

「へえ。だったらもともとあの人のもんだったのかなァ。それにしちゃ、なんにも言わなかったが」

さかんに首をひねっている。老人と『彷書月刊』の関わりについて、なにも知らないようだった——知っていて、隠しているのかもしれないが。

「……志田さん」

栞子さんの口調が改まる。もう普段のおどおどした態度は跡形もない。例によってスイッチが入ったようだった。

「この本をお持ちだった方のことを、もう少し詳しくお話ししていただけませんか。できれば、お名前も」

初めて志田の顔に動揺が走った。ごまかそうとするように、空になったバッグをカウンターから取り上げて丁寧に畳んだ。

「なんでそんなこと知りてえんだ？」

「その『彷書月刊』をめぐって、最近おかしなことが起こっているんです。今日の買い取りにも関係があるような気がして……ぜひ、教えて下さい。お願いします」

俺は彼女の真剣さに驚いていた。今回の件はもともと滝野から聞いた噂が発端で、謎を解いて欲しいと依頼した人物がいるわけでもない。ただの好奇心にしては度が過ぎている。ひょっとすると、今回の件には俺がまだ気付いていない秘密が隠されているのかもしれない。

「宮内さんか、新田さんというお名前ではありませんか？」

「誰だそりゃ。どっちでもねえよ。誓ってそんな名前じゃねえ」

きっぱり否定する。しかし、本当の名前がなんなのかは言おうとしなかった。

「……そうでしょうね」

栞子さんも同意する。予想された答えだったようだ。

「志田さんはあの方の本名を、人前で口にしないようにしているんじゃありませんか？　似たような境遇だから」

沈黙が流れる。そういうことだったのか——志田は過去に大きな失敗を犯して、おそらくは偽名でひっそり暮らしている。あの老人も同じようなことをしているのだろう。過去も共通していたからこそ、二人は親しくなったのだ。

「……あの人は別に犯罪者ってわけじゃねえ」

やがて志田が重い口を開いた。

「この前も言ったとおり、いい人だぜ。ただ、背負いきれねえもんがあって、全部捨てて逃げちまったんだな……今は読書だけを楽しみに余生を過ごしてる。これから先、誰に迷惑をかけるわけでもねえ。そっとしておいてやってくれ。頼む」

そう言って、俺たちに深く頭を下げた。

『彷書月刊』を抱えた志田が出て行った後、俺たちはすぐに店を開けた。最初の仕事は、たった今買い取った古書の品出しだった。志田が来る前の言い合いは、結局うやむやになっている。

「これから、どうするんですか？」

カウンターの前で『生田耕作コレクション』をビニールで包みながら、俺は栞子さんに尋ねた。肩を落として去っていく志田の姿が頭から離れない。結局、最後まであの老人の本名を口にしなかった。

栞子さんの方も志田の頼みを聞くとは言わなかった。たぶん、彼女はもう今回の件の真相を知っている。ほんのささいな手がかりでも彼女には関係がない。俺には予想もつかない結論に辿り着いているはずだ。

しかし、それを明らかにすれば、あの老人の生活が乱されるかもしれない。

「わたしは、このままにするつもりはありません」

「でも、それだと……」

「大輔さん」

値札を書く手を止めて、栞子さんが俺の言葉を遮った。

「事情があって逃げてしまった人間が、辿り着いた先で静かに暮らしたいと願う……

それは分からなくもありません。でも、誰かが逃げ出した後には、取り残される人間もいます……そういう人間にも、抱えている思いがあります」

俺はなにも言えなくなった。この人は志田とは違う側からものを見ている。取り残されてしまった側の人間なのだ。

「近いうちに、宮内さんがいらっしゃるはずです。それを待ちます」

その時にすべての真相が明かされるだろう。あの女性がなぜ奇妙な売り買いを繰り返しているか、『新田』というあの書きこみはなんなのか、なぜ今日持ちこまれた本にはそれが書かれていないのか——。

その結果どんなことが起こったとしても、逃げ出しても取り残されてもいない俺が口を挟むことではない。ただ、この人がなにをしようとしているのか、それは見届けようと思った。

7

宮内多実子がビブリア古書堂に現れたのは、次の日の夕方だった。

外に置かれていた均一本のワゴンを店内に入れようとしていると、北鎌倉駅の改札口の方から歩いてくる年配の女性が見えた。この前と同じ青いレインコートを着ている。俺は作業の手を止めて待った。

「いらっしゃいませ」

「こんにちは。お願いしたいことがあるのだけど……」

「あ、はい。こちらへ」

店の中へ案内する。さっきまでパソコンの前にいたはずの栞子さんが、いつのまにかカウンターの向こうに移動している。俺たちの会話が聞こえたのだろう。

「先日は本をお売りいただき、ありがとうございました」

杖を突いたままお辞儀をする。

「今日はどういったご用件でしょうか」

なめらかな口調で尋ねる。先週とはまるで違う落ち着きぶりだった。

「この前、売った雑誌を買い戻したいの。やっぱり、手放すのはやめようと思って」

「残念ですが、それはできません。昨日、すべて売れてしまいました」

客の顔色が変わった。カウンターに手を突いて、栞子さんの方に身を乗り出す。

「誰が買っていったのか、教えてちょうだい。お願い」

すがりつくような声はかすかに震えている。栞子さんは釣られてなにか言いかけたが、結局思い留まったようだった。

「詳しくは申し上げられません……お客様のプライバシーにも関わりますので。ただ、事情を話していただければ、わたしが確かめて参ります……その方が本当に宮内さんのご主人かどうか」

レインコートの肩からすっと力が抜けた。彼女は店主の顔をしげしげと眺めた。

「あなたはどこまで知っているの？」

「ささいなことだけです……あの『彷書月刊』を買い求められた方が、読み終わった本の背表紙に丸印を付ける癖をお持ちなこと、あなたとはずいぶん年の離れている方だということと……時々うちの店にお見えになりますが、素性を隠していらっしゃいます」

背を丸めて本を読んでいる老人の姿が頭に浮かんだ。未だに俺たちはあの人の名前すら聞いていない。

「たぶん、主人だわ」

くすりと笑った。年齢に似つかわしくない、華やいだ表情だった。

「分かっているのはそれだけ？」

「いいえ……宮内さんが方々の古書店に『彷書月刊』をお売りになった後で、買い戻されている理由も、です」

宮内多実子は軽く目を瞠った。よその古書店で同じことをしていることまで、知られているとは思わなかったのだろう。

「宮内さんがあの雑誌を持ちこまれた古書店は、ご主人が特に興味をお持ちだったジャンルの本を多く扱っています。頻繁に立ち寄られたとしてもおかしくない店ということです……宮内さんはいなくなったご主人と連絡を取るために、あの雑誌をお売りになっていたんですね」

俺には意味が分からなかったが、言われた方は黙って聞いている。栞子さんはさらに続けた。

「たぶん、このあたりの古書店にご主人が現れたという話を、どなたかからお聞きになったんでしょう。最初はそのお店に問い合わせをされたはずです。でも、客の個人情報を安易に明かす古書店はありません……そこで、ご主人の蔵書だった『彷書月刊』をお売りになったんです。

薄い平綴じの雑誌ですし、何十冊もバックナンバーが並んでいれば背表紙の丸印はかなり目立ちます。ご主人の目に留まれば、手に取ってもらえるかもしれないとお考えになった……違いますか？」

「……ええ。そうよ」

と、宮内多実子はうなずいた。二人の間では話が通じているが、俺にはさっぱりだった。仕方なく口を開く。

「あの、すいません……ご主人に手に取ってもらって、どうするんですか？」

女性二人は顔を見合わせる。説明してくれたのは栞子さんだった。

「あの『彷書月刊』には、ご主人へのメッセージがこめられていたんです。宮内さんのお住まいに連絡して欲しい、という」

「えっ、どこにですか？」

彼女はカウンターに置かれていた帳簿を開いて、一枚の買い取り票を俺に示した。先週、この店で宮内多実子に記入してもらったものだ。人差し指が住所欄をなぞる。東京都大田区矢口——。

「これがどうしたんですか？」

「最初はわたしも気付かなかったんですが……このお宅の最寄り駅は、東急多摩川線の武蔵新田です」

あっと声を上げた。例の「新田」という書きこみは、人の名前ではなく駅名だったのだ。自分は武蔵新田の近くに住んでいる——そういう意味か。

「ってことは、宮内さんが後から書き加えたってことですか？」

「そうです。チェックの入っているすべてのページに『新田』と書かれていたのは、どの号のどのページをご主人が開くか分からなかったからです。自分のものだった雑誌に、奥様の字が書き加えられていれば、意味するところはすぐに分かるはずです」

「……今、わたしが住んでいるのは、主人と結婚したばかりの頃に買ったマンションよ。主人にとっても思い出の場所なの」

宮内多実子が補足してくれた。昨日あの老人から買い取った本に「新田」の書きこみがなかった理由がやっと分かった。しかし、それでもまだ納得はいかなかった。

「でも、こんなややこしい方法を取る必要ってあったんですか。もっと確実な方法があるんじゃ……」

「いいえ、難しいと思います」

栞子さんが言った。

「本名も素性も明かさない、時々どこかの古書店に現れる以外、消息の分からない方と確実に連絡を取る方法はありません。少しでもご主人の目に留まる機会を増やすために、方々の店でこんな売り買いを繰り返さざるを得なかったんです」

そうか、と俺は思った。あの老人がビブリアへやって来る日は決まっているわけではない。よその店でも同じだろう。

きっと藁にもすがる気持ちで、この女性は売り買いを試していた――そして、その意図を正確に見抜いて、協力を申し出た人がここにいる。

「全部合っているわ。まるで自分で説明したみたい」

そう言って宮内多実子は苦笑した。

「簡単に見つけられないことは覚悟していたの。主人は頭のいい、用心深い人だから……でも、情に厚いところがあって、それで結婚する気になったのよ。欠点も含めてわたしは信頼していた。彼の離婚歴や年齢のことで、周りからは反対されたけれど、わたしが押し切って一緒になったの。ずっと二人で一緒に会社を経営していた。三年前まではね」

三年前、と俺は心の中で繰り返した。あの老人が会社経営をやめて、こちらへ移り住んだという時期と一致する。

「本を集めることだけが道楽で、それ以外にはほとんどお金を使わない人だったわ。だからわたしも安心していたのね。会社のお金に手を付けていることが分かった時は驚いたわ。全部で五千万近く引き出していた」

「五千万……」

つい俺は口に出してしまった。数字でしか見たことのない金額だ。

「どういう用途だったんでしょうか」

栞子さんが尋ねる。踏みこんだ質問にひやりとしたが、宮内多実子は気にする様子もなかった。

「彼には前の奥さんがいたの。わたしよりもっと若い人で……彼女がお金に困っていて、少しの間のつもりで用立てたらしいわ。そんな大金をどうして渡したのか、あの時どういう間柄だったのか、詳しいことは分からない。詳しく訊く前に二人ともいなくなってしまったから。

ちょうどうちの会社も経営が苦しくなっていて、資金繰りに困って倒産してしまったの。あの五千万があれば、だいぶ話は違ったんでしょうけれど」

さばさばした話しぶりは、かえって並外れた苦労や心痛を物語っているようだった。虫も殺さないようなあの老人にそんな過去があるとは——いや、逃げ出したということは、それだけの罪を犯したということだ。

（誰かが逃げ出した後には、取り残される人間もいます）

取り残された側の人生も大きく変わってしまった。文字通り取り返しがつかない。

「ご主人を捜されたんですよね？」

「それはもう、あらゆる手を尽くして。でも、見つからなかった」

奇妙に明るい、乾いた口調だった。

「他にしなければならないことが山ほどあったから、そちらは後回しにせざるを得なかった。彼のことを思い出すようになったのは、ずいぶん経ってからよ。借金を返済するために財産もほとんど処分して、唯一残った今のマンションに引っ越した後。今振り返っても、彼との結婚生活で嫌な思い出はないの。仕事では始終一緒にいたから、休日は別々に過ごすことが多かった。その方がお互い気が楽だったわ。わたしは体を動かすのが好きで、趣味が全然違っていたし」

彼女は懐かしそうに目を細めて、古書の詰まった棚を見回す。

「主人は休日になると神保町へ出かけていって、どっさり本を抱えて戻ってきたわ。リビングでそれを積み上げて、一冊一冊確かめているの。なにを買ったのか尋ねると喜んで話してくれた。話の内容はほとんど分からなかったけれど、耳を傾けているだけでも楽しかった。女って、なにかに夢中になっている男が好きなものでしょう？」

訊かれた栞子さんは首をかしげている。あまり共感できなかったらしい。この人より俺の方がまだ分かると思う。女ではないが。

「あんなにたくさんあった彼の本も処分してしまった……置いておく場所もなかった

し、お金が必要だったから」

「……『彷書月刊』は取っておかれたんですよね？」

「ええ。あの人がずっと定期購読して、いつも隅々まで読んでいた雑誌だったから。あなたも見た通り、とにかくよく書きこみをしていたわ。買っても買わなくても、目録に印をつけていた。それを追って読むうちに、どういう本を好きだったのか、どういうことを考えていたのか、少しずつ分かってきて……主人がそこにいるような気になったものよ。しまいにはわたしも本を読むようになったの」

確かに古書雑誌への書きこみを詳しく見ていけば、その持ち主の読書傾向は分かってくるだろう。古書について詳しくなかったこの人が、夫が現れそうな古書店を予想できたのも、『彷書月刊』のおかげだったのだ。

「お話は分かりました」

と、栞子さんが言った。

「先ほど申し上げたとおり、『彷書月刊』をお買いになった方に、わたしがお会いしてきます……もしご主人だとはっきりしたら、どうなさいますか？　直接お会いになりますか？」

宮内多実子はきゅっと唇を結んだ。胸のうちにどんな葛藤があったのか、俺には分からない。しかし、すぐに晴れ晴れとした表情になった。

「主人の希望もあるでしょう。そこまではいいわ。ただ、伝言をお願いできるかしら」

「……はい」

「よかったら電話をして、って」

栞子さんは神妙な顔つきで続きを待ったが、沈黙が流れるだけだった。

「あの、それだけでしょうか？」

「それだけで十分よ」

と、宮内多実子は笑った。

栞子さんは伝言の簡潔さに戸惑ったようだった。宮内多実子が帰った後も、狐につままれたような顔つきをしていた。

とにかく、その日のうちに栞子さんは出かけていった。まずは志田に会い、老人の住んでいる場所を教えてもらったようだ。きちんとお伝えしました、と言っていたので、本人と会って話せたのだろう。

この件について、俺が知っているのはこれぐらいだ。

栞子さんが会いに行って以来、老人はぱたりとうちの店に現れなくなった。宮内多実子からも連絡はない。伝言を聞いて結局どうしたのか、一人でやってきた志田に尋ねたが、さあなと肩をすくめただけだった。

うちの店ではこの件は話題にも上らない。一度本の謎を解くと、栞子さんはその件にまったく興味を示さなくなるが、今回はそれだけではないような気がする。

あの日、きっと宮内多実子の夫は詳しい事情を語ったはずだ。第三者に聞かせられない内容だったんじゃないだろうか。栞子さんが俺を連れて行かなかったのも、そうなるという予想がついていたからだ——。

まあ、俺の勝手な想像だ。どこまで合っているか、分かったものではない。

（……別にいいか）

通勤途中の俺は、あれこれ考えるのをやめた。もっと色々話してくれと栞子さんに言ってしまったが、彼女が反論した通り、言えない側にも理由はあるのだ。

俺の乗ったスクーターは北鎌倉駅に到着した。空には雲一つ見当たらない。ガラス戸の鍵を開けると、ビブリア古書堂の中に人気はなかった。まだ栞子さんは母屋にいるらしい。

とにかくまずは開店準備だ——と、その前に壁にかけられた写真のカレンダーを一枚破る。満開の桜の下から新緑の山々が現れた。

今日から五月が始まる。

断章Ⅰ　小山清『落穂拾ひ・聖アンデルセン』（新潮文庫）

俺はあぐらをかいて本を読んでいる。ここは橋の近くの河原だ。日が沈んでもコンクリートブロックはまだ熱を帯びている。外で寝泊まりする人間には四月が一番過ごしやすい。風に当たりながら本を読める季節は短い。とはいえ日暮れに文字を追うのは難しかった。蛍光灯ランタンのスイッチを入れる。電池を無駄遣いしたくないが、たまには贅沢（ぜいたく）も許されるはずだ。

俺は手製のフェルトのカバーがかかった文庫本を開いている。去年、この本を盗んでいった女子高生からもらった。中身はいつもと同じく小山清（こやまきよし）『落穂拾（おちぼひろ）ひ・聖（せい）アンデルセン』。愛読書だから仕方がない。

今は表題作の一つ「聖アンデルセン」に差しかかっている。アンデルセンが母親に宛てた手紙という体裁の書簡体小説だ。例によって甘ったるいが嫌いじゃない。それにしても、この作家の小説に出てくる奴はみんな貧乏だな。人のことは言えた義理ではないが。

人影が一つ、川岸の遊歩道からこっちに下りてくる。妙にゆっくりと。薄いコートを羽織った女だ。長い髪が闇に溶けかかっている。

はじかれたように立ち上がる。かつて俺を救ってくれた旧知の恩人に見えた。いや、杖を突いている。恩人の娘だった。

「志田さん、こんばんは」

母親に似た涼しげな声で挨拶する。この娘がすらすら喋る時は、大抵誰かを問い詰める時だ。ありがたい用事ではなさそうだった。

「読書ですか？」

「ああ、仕事も終わってくつろいでるんだ。以前、お前らに取り戻してもらったろう

……小山清だ」

文庫本の表紙を叩いた。なんの用事か見当はついたが、こっちからは切り出すのは避けたかった。

「知ってるか？　小山清は刑務所に入ったことがあるんだとよ。その体験を基にした小説も書いてる。一口に作家っていっても、色んな過去を持ってるもんだ」

余計な話がつい口からこぼれる。俺もこの前、図書館で読んだ別の作品集で知った

ばかりだった。

「日本ペンクラブでの横領事件ですね。服役(ふくえき)までする必要はなかったのに、あえて重い罰を受けたという話もあります」

打てば響くように応じてくる。始終こんな娘と顔を突き合わせている五浦は、わりあい肝の据わった奴だ。俺には時々気味が悪い。

「その本、少しだけ貸していただけませんか」

と、杖のない方の手をずっと俺に差し出す。

「そういえば、一度も拝見したことがないんです」

「いいぜ」

今さら断っても仕方がない。俺は手のひらに文庫本を載せた。

「さっき、店に宮内多実子さんがいらっしゃいました」

話よりも相手の手元に注意がいっていた。フェルトのカバーを片手で器用に外し、カバーを杖を突いている方の肘に挟んだ。

「『彷書月刊』をお売りになった方です。ご主人への伝言を頼まれました……よかったら電話をして、とのことでした」

「……なんの話だ？」

「最初に違和感を覚えたのは、お二人の出会いを伺った時です」

いきなり話が始まって、俺はますます呆気に取られた。

「藤沢の市民会館前のベンチで本を読んでいたあの方に、自転車で通りかかった志田さんが声をかけたというお話でしたが……」

「嘘はついてねえぞ」

「ええ。だからかえって不自然さが際だったんです。ベンチで本を読んでいるお年寄りは珍しくないとご自分でおっしゃっていましたね。それなのに、わざわざブレーキをかけて自転車を停め、話しかけるのはよほどのことです。本の背表紙に書きこみをしているだけで、そこまで気になるものかな、と」

俺は見抜かれたことを悟った。ただ、全部とは限らない。

「それだけか？」

「決定的におかしいと思ったのは、昨日志田さんがお持ちになった本を査定している時でした。確かに背表紙には黒い印が入っていましたし、ペンの書きこみがありました。でも、持ち主の方は目印のために手製の栞を挟んでいたんです。古書価のつかない雑誌でも同様でした」

ぴくりと背中が震えた。そんなところから足がつくか。

「ところが、『彷書月刊』の方はページの端が折られていました……こういう癖には持ち主の個性が出ます。律儀に手製の栞を作るような方が、あの雑誌を読む時だけ、手軽にページの端を折って目印にするのは考えにくいです……つまり『彷書月刊』と昨日の本の持ち主は別人ということです。

昨日の本が志田さんのお友達のものだとすると、『彷書月刊』はどなたのものなのか。わたしは一人しか思いつきませんでした」

新潮文庫の背表紙が突きつけられる。角に書きこまれた黒い丸印が、蛍光灯の光にぼんやりと照らされていた。

娘はさらに本を開く。「落穂拾ひ」の載ったページの端が折ってあり、俺の好きな一文が黒く囲まれている。「僕は自分の越し方をかへりみて、好きだつた人のことを言葉すくなに語らうと思ふ」。

「宮内多実子さんのご主人は志田さんですよね。あなたのお友達ではなく」

誤魔化すには無理があったようだ。五浦は騙されていたので、ひょっとしたらと期待を抱いてしまった。

「志田さんが声をかけられたのも、ご自分と同じ癖……読み終わった本の背表紙に、ペンで印を付ける癖をお持ちの方だったからじゃないですか。それで話してみると、似たような境遇だった……違いますか？」

「……合ってるよ」

俺は白旗を揚げた。もう一つ付け加えるなら、俺は若い頃に両親を亡くしている。生きていれば親父もこのぐらいだという感傷もあった。

「うちの店にあった『彷書月刊』の前で、お二人はどういう話をされたんですか？本当は」

「『これは君のか』って訊かれてよ、『そうみたいですね』って答えたんだ。俺がお前らと話したいことがあるのを察したんだろう。席を外してくれたんだよ」

あの時の驚きは言葉にできない。よく普通にこいつらと話ができたものだ。

「女房が売ったことは察しがついた。でも、なんか意味があるはずだ。中を確認したかったが、セット売りでビニールがかかってる。頼んで見せてもらおうかと思ったが、お前らが絡んでるのが気になってよ。女房と裏で繋がってるかもしれねえ。考えた挙げ句、あの人に協力してもらって、『彷書月刊』の持ち主のふりをしてもらったわけだ」

「あの方は志田さんの事情をご存じなんですね」

「まあな。お前らが出張ってきたら、素直にあの人のところに案内するつもりだった。で、あの人には『ただあの雑誌が欲しかっただけで、もともとの持ち主ではない』って説明してもらう。実際それが正しいからな……誤解が解けて俺の正体は分からずじまいって筋書きだ」

こんな小細工が通じる相手ではなかった。素直に見せてもらった方が、かえって面倒がなかったかもしれない。

「で、どうする。多実子に俺の居場所を教えるのか？」

「そこまでするつもりは……宮内さんのご希望でもありませんし。ただ、連絡して下さいませんか。奥さんのところに」

「今さら連絡してどうするんだ」

「宮内さんに話すべきです。本当はなにがあったのか、前の奥さんにお金を用立てた時のことも……なにか事情があったんじゃありませんか」

突然、小山清の一節が頭に浮かんだ。「僕は自分の越し方をかへりみて、好きだつた人のことを言葉すくなに語らうと思ふ」。俺の場合、言葉少なというわけにはいきそうにない。そもそもあの時も今も、好きだった女は前の女房ではない。

三年前、前の女房に呼び出された俺は、病院のベッドに横たわる若造の写真を見せられた。離婚後に生まれた俺の息子という話だった。重い心臓病を患って、海外で移植手術を受ける順番待ちをしているという。ところが突然順番が回ってきたので財産を処分する時間がない。色を付けて返すから、一ヶ月だけ五千万貸して欲しい——。

今、振り返ると馬鹿げているにも程があるが、俺はあっさり真に受けて会社の口座から金を引き出した。多実子との間に子供が授からず、ずっと子供への愛情に飢えていたせいもある。要は隙があったのだ。

「話したところでどうにもならん……やり直せるわけじゃねえ」

もちろん女の話はすべて嘘で、詐欺の前科がある愛人はいても息子などいなかった。女は愛人と姿をくらまし、大金を失った恐怖に耐えかねた俺もそれに倣った。

むろん多実子にすべて打ち明けて、損害を与えた人々に土下座すべきだったが、結局俺にはできずじまいだった。この三年間、決まった家すらない生活の厳しさに甘えて、過去にしでかしたことと真剣に向き合わずにきた。

前の妻が今どうしているのかは知らない。他人の金に手を出す奴の顔など見たくもないが、会社の金に手を付けた俺に咎める資格はない。みんなが鶏の雛でも売って、ただ静かに日々を送ることができればいいのだが。

「……失敗してもやり直せる、なんてよく言うがな、失敗の後でやり直すのがどんなに難しいか、目の当たりにした人間でなきゃ分からねえもんだ。そうして一旦逃げちまえば、大概のことは取り返しがつかねえ……」

娘は黙って聞いている。やり直せますよと励まさないのは、簡単にやり直せないと分かっているからだ。この娘も母親に置いていかれた過去を持っている。

しかし、こんな風に卑怯な愚痴を垂れているだけの人間を、今後どう扱うかは容易に想像がつく。三年も眺めていたせいか、子供のような年齢のこの娘にもそれなりの情が湧いていた。軽蔑されるのは有り難くない。俺はため息をついた。

「分かった。考えておく……話はそれだけか？」

「実はもう一つ、こちらからもお願いしたいことがあります」

「なんだ？」

「母に連絡を取って、伝えていただきたいんです。わたしが会いたがっていると」

なかなか言葉が出なかった。まさかそれも知られていたのか。

「俺が智恵子さんと連絡を取ってたことも、気がついてたんだな」

恩人の娘はうなずいた。

「今年に入ってから、そうじゃないかと……やっぱり、そうでしたか」

「なんで今まで言わなかったんだ」

「……こちらから伝えたいことがあった時に、便利だと思ったんです。わたしは母の連絡先を知りませんから……」

黒い笑いがこみ上げてきた。こんな若い娘に、俺は泳がされていたわけだ。母娘揃って普通ではない。

「田中敏雄の裁判を傍聴していたと聞いたので、わたしも行ってみたんですが、手がかりはありませんでした。今は母と付き合いのあったお客様に当たっているのですが……志田さんなら、ひょっとしてと思ったんです」

「協力してえところだが、実は五浦にもバレてるんだ、俺と智恵子さんの繋がりは」

「大輔さん……」

と、娘は口の中でつぶやいた。知らなかったようだ。

「あいつも見た目ほど鈍くはねえからな。バレた以上、こういうことはやめさせてもらうと智恵子さんに伝えたら、それっきり連絡が取れなくなった」

連絡に使っていたのはインターネットの非公開のチャットルームだった。ネットカフェに行くたびに一応覗いてはいるが、彼女が出入りしている形跡はない。

「そんなに大事な用か？」

「はい……大輔さんのことで」

「おお、『好きだからです！』とか言われてたな」

「あっ、あれは……その、他にも、色々あって……」

顔どころか両手まで真っ赤になっている。今までの冷静さが嘘のようだ。こういう方が俺には馴染みがある。

「五浦と付き合っていいか、智恵子さんに相談するのか？」

「ちっ、違います！」

突然、大声を張り上げた。

「そんなこと、自分で決めます。もう結論は出てるんです。でも……今のわたしには、必要なんです。母に会うことが」

俺には今ひとつ理解できなかった。なんにせよ結論は変わらない。

「とにかく、よそを当たってくれ。力になれなくて悪かったな」

今回、俺のことを多実子にほのめかしたのは智恵子さんだろう。古書店で俺を見たという人間が、この時期に突然現れるのは不自然だ。用済みになった手駒を遠ざけようしているのかもしれない。まったく、気まぐれな人だ。

それなら俺の方が気まぐれを発揮してもいいだろう。

「たぶん、今は他の誰かからお前らのことを聞き出してると思うぜ。この間までの俺みたいな奴が、お前らの周りにいるはずだ。そいつを捜してみな」

しばらく考えてから、篠川栞子は俺に本を返した。

「ありがとうございます」

踵を返して遠ざかっていく。遊歩道の向こうに姿を消した後も、俺は河原に突っ立っている。

「自分の越し方をかへりみて、か」

あの『彷書月刊』を読んで、多実子が今住んでいる場所はすぐに分かった。電話番号も昔のままだろう。この近くのコンビニには、今時珍しく公衆電話が残っている。ポケットには多少の小銭も入っている。

俺が自分の越し方を語ったら、あいつは本当に最後まで聞くだろうか。それともいざとなれば冷静ではいられないか。もう三年もお互いの声を聞いていない。俺も年を取ったが、多実子はもっとそう感じているだろう。

この前も誰かに話した気がする。若い奴らと違って、俺たちのような年寄りにはもう十分な時間がない――くっついたり離れたり、怒ったり笑ったりする時間が。

重い足を動かして、のろのろと斜面を上がっていく。電話をかけるかかけないか、踏ん切りはまだつかない。コンビニまで歩きながら考える。

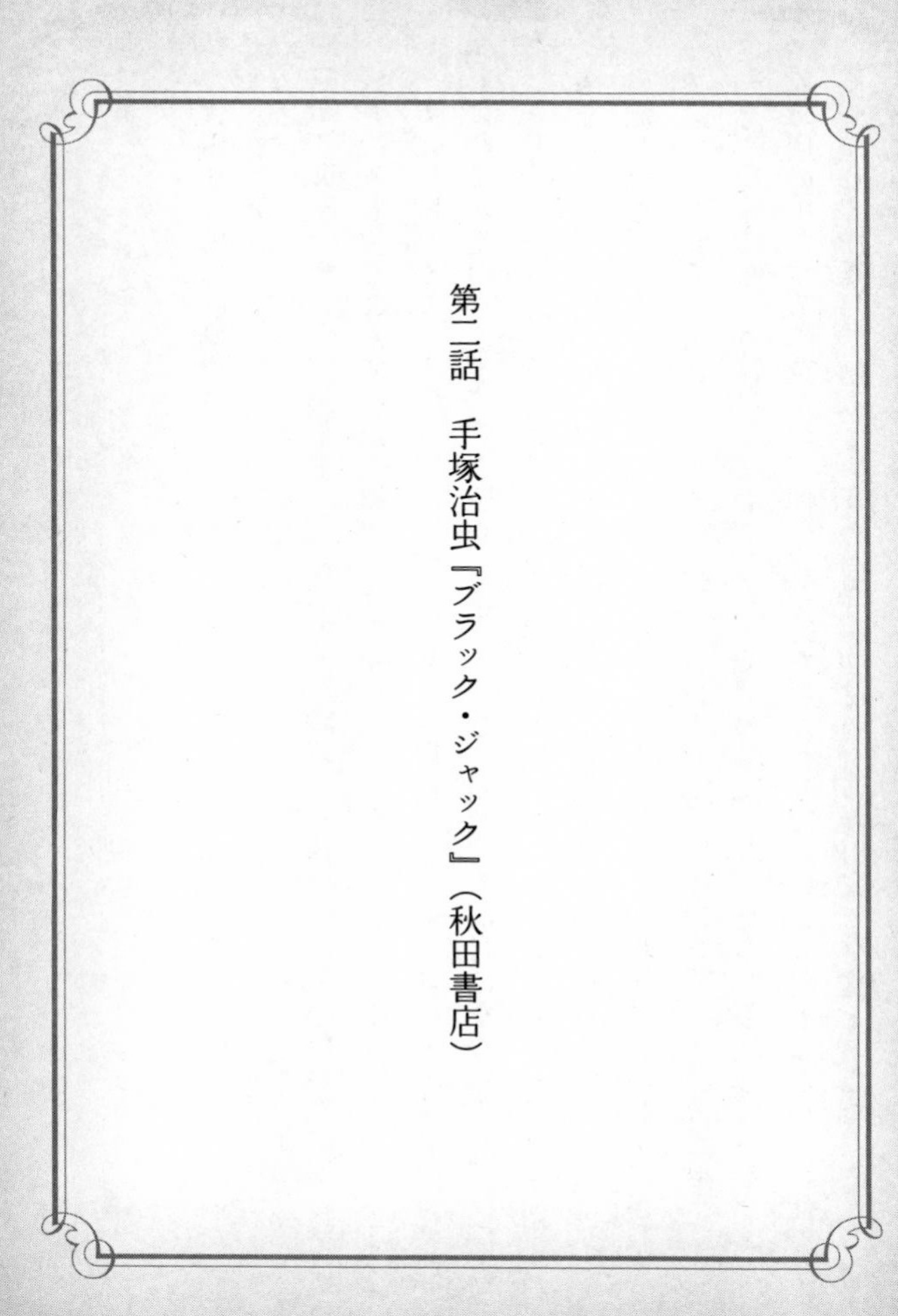

第二話　手塚治虫『ブラック・ジャック』（秋田書店）

古書業界では廃棄する本のことをツブシとかツブシ本というらしい。最近聞いた。語源までは知らない。

1

ゴールデンウィークの最終日、俺は大きな段ボール箱にカバーのない文庫本のツブシを次々と放りこんでいた。似たような箱が他にもカウンターの中に積まれている。外ではすっかり日も暮れて、閉店時間もとうに過ぎている。延々と続く本の買い取りに整理が追いつかず、店を閉めた後もこうして残業する羽目になったのだ。

三月十一日から二ヶ月近く経った。ほとんどのニュースは震災のことで、原発事故もまだ収まっていない。このあたりの祭りもいくつかは中止になった。

それでも、このゴールデンウィークに出かける人は多く、北鎌倉もかなりにぎわっていた。昨日の夕方は本の宅買いに出かけたが、帰りに渋滞に巻きこまれた。

今、店主の栞子さんはライトバンの中でその時買い取った本を整理している。ふだんは店の中でやる作業だが、他の客が持ちこんだ本で足の踏み場もなかった。仕方なく分かれて作業しているというわけだ。片付いたら篠川家で夕食をいただくことになっている。

栞子さんとの関係は表面上は前と変わらないものに戻った。相変わらず告白の返事をもらっていないが、五月末という期限まであと三週間ある。

正直言って、ぎりぎりまで待たされてもいいと思い始めていた。嬉しい返事ならともかく、そうではない返事の可能性もあるのだ。ものごとはなるべくいい方へ考えるんだよ、でも同時に悪い方へ転がった時の備えもしておくんだ、というのは亡くなった祖母の教えだ。心の準備をする時間も必要だった。

店主からの指示通り、店の棚に並べるものといったん倉庫へ仕舞うもの、廃棄してしまうものに分け終えた。後はここから運び出せば今日の仕事は終わりだ。

一息ついて大きく伸びをした時、入り口のガラス戸が開いた。現れたのはきちんとビジネススーツを着た、小柄でほっそりした女性だ。きびきびした動きからすると、スポーツか武道の経験がありそうだった。うちの店主と同年代に見える。

さらさらのショートの髪がよく似合う美人だが、への字に結ばれた唇と妙に力強い眼光が気になった。今、視線は俺の眉間にまっすぐ刺さっている。なんとなく猛禽類（もうきんるい）を思わせる人だった。目つきの悪さでは俺も人のことは言えないが。

「すいません、今日はもう閉店で……」

「五浦大輔くん？」

フルネームを呼ばれて戸惑った。今まで会ったことはないと思う。忘れられそうにない顔だ――ただ、誰かに似ている気はする。

「はい。そうですけど」

「へえ……なるほどね……」

容赦なく俺を眺め回してから言った。なるほどってなんだ。

「どちら様ですか」

「わたし、滝野リュウです。初めまして。古書バカの友達と腑抜けた兄がいつもお世話になってます」

さらりと言って頭を下げる。口は悪いがお辞儀は完璧だった。営業職かもしれない。滝野リュウという名前は今まで何度も耳にしている。栞子さんの中学時代からの親友で、滝野ブックスの滝野蓮杖の妹だ。よく見ると鼻筋や輪郭が兄に近い。

「五浦大輔です。初めまして」

「知ってる」

そうみたいだが、俺について誰からどんな話を聞いているんだろう。彼女はカウンターに手を置くと、身軽にジャンプして本の壁の奥を覗きこんだ。

「あ、いない。どこにいるの。あのおっぱいメガネ」

ひどい呼び名だ。それにしても栞子さんとまったくタイプが違う。

　母屋に通じるドアが開いて、杖を突いた本人が現れた。疲れきっているのか、少し眼鏡と肩が落ちている。友達に気付くと目を瞬いた。

「こんばんは、リュウちゃん。店に来るなんて珍しい……仕事帰り？」

「そうだけど……」

　滝野リュウは腕を組み、相手の上から下まで視線を走らせる。さっき俺を見た時よりも鋭い目つきだった。栞子さんはいつものように無地のブラウスとプリーツの入ったロングスカート、エプロンという姿だ。滝野リュウは深いため息をついた。

「まあ、服は仕方ない。諦める。でもあんた、まさかすっぴん？」

　栞子さんはぱっと自分の口元を隠した。そう指摘した滝野リュウはきちんとメイクをして、派手すぎないデザインのピアスやブレスレットを着けている。お洒落(しゃれ)に気を遣っている人だった。

「わたしたちね、もう中学生じゃないの。生まれてからもう四半世紀経っちゃってるの。ありのままが一番かわいいんですよとか学校のシスターに言われて、素直に信じてたあの時代はもうとっくに過ぎてるの。分かる？　なんでリップも付けてないわけ。

あんた腐っても接客業でしょ」

「め、面倒くさくて……」

正直すぎる答えに、滝野リュウは呆れかえったように天井を仰いだ。

「子供かあんたは。そうやってね、きれいにするのをサボってると、ほんとに取り返しつかなくなるよ……デートした時、この子まあ見られたでしょ。全部わたしがやったんだけど」

いきなり俺に話を振ってきた。

「は、はい……きれいでした」

改めて口にすると照れる。栞子さんも赤くなってうつむいてしまう。滝野リュウがなぜか苦虫を嚙みつぶしたような顔で手を叩いた。

「はい、そういうもじもじプレイはわたしのいないところでやって下さい。とにかく、今のあんたはお宝がドロッドロに持ち腐れてる状態なわけ。でも、磨けばまだそここになるし、人からよく見られたいんだったら、少しは気を付けないと駄目だよ」

友達というより姉からの説教だったが、栞子さんは神妙な顔つきでうなずいている。普段からこういう関係なのかもしれない。

「……あの、今日はどうしたの？」

と、栞子さんがおずおずと尋ねる。

「そうだ、忘れるところだった。栞子と五浦くんに相談したいことがあって」

「俺にもですか？」

一応確認すると、滝野リュウはうなずいた。

「うん。本のことだから」

「本のこと？」

栞子さんも声を揃えて聞き返した。本と聞いて途端に興味が湧いたらしい。

「その手のことで相談が持ちこまれると、五浦くんも一緒に手伝ってるんでしょう。君が一緒じゃないと、栞子は乗り気になってくれないから」

「え……」

以前、滝野蓮杖から似たような話を聞いている。俺がビブリアで働き始める前、彼女はこういう相談を受けていなかったようだと。

「……リュウちゃん、わたしにこんな相談したことないくせに」

「あ、そういえば一度もないか」

思いこみだったらしい。ただ、栞子さんは自分一人でも相談を受けるとは言わない。滝野リュウの発言を否定しようとはしなかった。

「それで、相談の内容はなんですか?」

「ああ、わたしの部活の後輩……ってあんたの後輩でもあるか。聖桜を卒業して、今大学の二年生。大学はあんたと同じミッション系のとこ」

聖桜というのは聖桜女学園のことだ。中高一貫の歴史あるカトリック系の女子校だ。校舎は大船駅に近い山の上にある。

「現役の頃に会ったことはなかったけど、OGと現役生の交流会で知り合ったんだ。家も近いから電車で一緒になることもあって、だんだん仲よくなったわけ。最近になって、その子のお父さんが大事にしてる本が何冊かなくなってるのが分かったの」

「盗まれたんですか?」

栞子さんが尋ねる。

「事情があるみたいで、わたしもきちんと聞いてない。とにかく、本に詳しい人に相談に乗って欲しがってる。古本屋の娘って言っても、わたしは家の手伝いもしてないし、本のことも詳しくないから。栞子以外に相談する相手が思いつかなくて……」

「滝野さん……蓮杖さんには相談しなかったんですか?」

と、俺。あの人なら十分に本の知識を持っている。妹の頼みなら喜んで聞いてくれそうだが。

「いや、兄さんはちょっと……」

顔をしかめながら首と手を同時に振る。そういえば、さっき兄のことを腑抜け呼ばわりしていた。気の毒だが頼りにされていないのかもしれない。

「分かりました……わたしにできることなら」

と、栞子さんは言う。なくなった本捜しなら以前にもやっている。志田の持っていた小山清の絶版文庫や、宮澤賢治（みやざわけんじ）の貴重な初版本――今回は一体なんだろう。

「それで、なくなった本というのは？」

「『ブラック・ジャック』だって。それの単行本が何冊か」

2

依頼人と会ったのは三日後の夕方だった。俺たちがたまった仕事を片付けるのに時間がかかってしまったのだ。

指定された場所が滝野ブックスだったので、電車で港南台へ向かった。

「『ブラック・ジャック』ってマンガの『ブラック・ジャック』ですよね」

乗換駅の大船で電車を待っている間、栞子さんに尋ねた。長時間活字の読めない俺でも、マンガなら多少は読んでいる。顔に傷跡のある天才無免許医が、様々な患者を手術するという内容だ。友達の家にあったコミックスをめくっただけだが、昔のマンガにしてはずいぶん巻数があったと思う。

「ええ。一九七〇年代に週刊少年チャンピオンで連載されていた作品です。大人の医師が主人公で一話完結という、少年向けとしては異色のスタイルで、当初は三話から五話程度の短期連載で終了する予定だったそうです。連載の告知は地味なものでしたし、第一回は巻頭カラーでもありませんでした」

本のことになると相変わらず口がよく動く。ちなみに今日は淡いピンクのリップを塗っていた。それだけでも普段よりきれいに見える。

「あれ、作者は手塚治虫ですよね。あの有名な」

マンガの神様、と言われていたはずだ。あまり期待されていない作品みたいに思える。

「そうです……でも、当時手塚治虫の人気は下降しつつありました」

俺は目を丸くした。

「本当ですか？」

「本当です。手塚治虫は『鉄腕アトム』『ジャングル大帝』『リボンの騎士』などを生んだ、戦後のストーリーマンガの礎を築いた天才ですけれど、この時期は不調を囁かれていました。経営していたアニメのプロダクションが倒産し、抱えていた連載も次々と打ち切られていたんです。原稿料も当時のマンガ家の中では『Ｂクラス』だったようです。

そういう時期でしたから、連載前は『ブラック・ジャック』も注目を集めてはいませんでした。それでもじりじりと人気が上がり、連載も長く続けられ……やがては新しい世代のファンを獲得する入り口になっていったんです。この作品が存在しなければ、手塚治虫というクリエイターへの後世の評価も、かなり違うものになっていたかもしれません」

手塚治虫に人気の浮き沈みがあったなんて知らなかった——考えてみれば、なんの問題も抱えず、苦労もせずに活躍し続けるクリエイターなんているはずがない。時代は変化するし、どんな天才でもスランプはあるだろう。

「『ブラック・ジャック』は最も幅広い層に読まれている、手塚の代表作の一つです。マンガらしいフィクションを交えてはいますが、医療という専門分野を題材にした少年向けの作品は、それまでの日本のマンガ史上ほとんど例がなかったはずです」

「何年ぐらい連載してたんですか？」

「一九七三年十一月から一九七八年九月の約五年間ですが、その後も不定期で発表し続けていました。それも含めると十年に渡って描き続けられたことになります。その後、同じく少年チャンピオンで連載されていた『ミッドナイト』にも、ブラック・ジャックは登場し、重要な役を与えられています」

青いラインの入った電車が到着し、俺たちは乗りこんだ。大船駅が始発なので、折り返しで出発するまでにまだ間があった。がらがらの座席に腰かけた栞子さんは話を続ける。

「『ブラック・ジャック』だけでも二百話以上描かれていますが、この時期の作品はこれだけではありません。手塚のクリエイターとしての特性の一つは超人的な仕事量なんです」

「他にどんな仕事してたんですか？」

「『ブラック・ジャック』の連載を続けながら、一九七四年には週刊少年マガジンで『三つ目がとおる』を描き始め、こちらも人気作になります。釈迦の生涯を描いた『ブッダ』の連載も平行していましたし、他にも『火の鳥』の望郷編、明治初期の北海道を舞台にした『シュマリ』、何年か前に映画化やドラマ化もされたピカレスクロマンの『MW』など……多くの作品を同時進行で描いていたんです」

　聞いているだけで頭がこんがらがってきた。俺でも知っている作品がいくつもある。

「手塚は生涯にわたって常に複数の連載を抱え、作品を生み続けていました。胃癌で亡くなる直前ですら、三本の作品を連載し続けていたんです。一種のワーカホリックと言っていいでしょう。講談社から刊行された『手塚治虫漫画全集』は四百巻を数えますが、それでも未収録の作品が多くあるんです」

　栞子さんはやっと一息ついた。いつのまにか電車は動き始めている。まだまだ語り足りないのは目の輝きで分かる。

「手塚治虫のマンガにも詳しいんですね」

　俺は素直な感想を口にする。本当になんでも知っている人だ――しかし、彼女の表情はすっきりしなかった。

「詳しいと言えるかどうか……全集は一通り読みましたけど、後は好きな作品を集めている程度なので……」

「あの、それで詳しいうちに入らないんですか？」

　全集だけでも四百冊あると言っていたが。

「クリエイターとしての全容を知るには足りない、ということです。手塚の作品は単行本を一種類読んだだけでは分からないことが多いですし」

どういう意味だろう。次の質問を口にする前に、電車は港南台駅のホームに入っていった。

滝野ブックスは港南台駅に近い、五階建てのマンションの一階にあった。考えてみると店にまで来るのは初めてだ。もう夜になっているが、看板にも明かりが点いていた。ビブリア古書堂と違って深夜まで営業しているのだ。

開いた自動ドアから中に入ると、店内は明るく、ビブリアよりもずっと広い。名前こそ滝野ブックスだが、品物の半分はゲームソフトやＤＶＤで、厳重に囲われた一角の入り口には未成年お断りののれんがかかっている。古書店では別に珍しい話ではないが、アダルトＤＶＤなども扱っているのだ。

活字の専門書は少ないものの、古書マンガのコーナーが充実している。店主のこだわりかもしれない。

「蓮杖さん」

滝野蓮杖はガラスケースの中に手を入れて、ゲームのキャラらしいフィギュアのポーズを変えていたが、栞子さんの声に振り返った。

「お、よく来たな。リュウなら二階にいるぞ。二〇一の方だ」

とだけ言って作業に戻った。

「フィギュアも扱ってるんですか？」

俺の質問にも滝野は手を止めなかった。

「これは俺の私物。ディスプレイに使ってるだけだ……本当は売り買いもしたいんだが、人手が足りなくてな」

残念そうに首を振る。忙しいようだったので、俺たちはすぐに店を出てマンションの二階へ向かった。二〇一号室のインターホンを押してしばし待つ。

「店舗の他に部屋も借りてるんですね」

と、栞子さんに小声で言う。

「いえ。このマンションは滝野のおじさん……蓮杖さんたちのお父さんのものです。ここは事務所兼倉庫に使われていて、隣の部屋に蓮杖さんたちが住んでいます」

つまり家主というわけだ。副業にマンションを経営しているのか——いや、マンション経営が本業で、古書店経営が副業かもしれない。

ドアが開いてパンツスーツ姿の滝野リュウが顔を出した。会社から帰ったばかりらしく、まだジャケットも脱いでいない。

「どうぞ。もうこっちのお客も来てるから」

縛ってあるマンガやゲームの外箱が積み上がった廊下を通って事務所代わりらしいリビングに入る。水玉のワンピースにカーディガンを羽織った若い女性がテーブルの向こうに座っていた。ふっくらした頬とボブカットのせいか、聞いていた話よりも幼く見える。椅子を引いて立ち上がり、ぎこちなくお辞儀をした。

「初めまして。真壁菜名子です。よろしくお願いします」

「は、はい……こちらこそ。篠川、です……」

年上の栞子さんの方がずっとぎこちなかった。

「この人がわたしの親友で篠川栞子。他になんの取り柄もないけど、本の相談だけは頼りになるから安心して。隣にいる大きい人が五浦大輔くん。ビブリア古書堂のアルバイトで、栞子の助手みたいな人」

戸惑っている真壁菜名子に向かって、滝野リュウが手際よく説明してくれる。俺たちはリビングテーブルを囲んで座る。相談する側もされる側も緊張しているらしく、なかなか口を開かない。仕方なく俺が切り出した。

「お父さんの『ブラック・ジャック』の単行本がなくなったんですよね」

「はい。先週の連休、父の部屋を掃除していて、『ブラック・ジャック』の並んでいる本棚に、二、三冊分の隙間があることに気がついたんです。同じ巻がそこに並んでいたはずなんですけど」

質問にははきはき答えてくれる人だった。内気な性格でも、栞子さんとはタイプが違うようだ。

「同じ巻って……つまり、重複してるんですか?」

少し考えてから、彼女はうなずいた。

「まったく同じものが二冊ぐらい、見当たらないんです」

同じ巻を二冊買うなんて珍しい。予備ということで買ったんだろうか。

「『ブラック・ジャック』は父が中学時代に全巻揃えたものだそうです。思い出のあるマンガで、なによりも大事にしているとよく言っています……今、海外に出張しているんですけど、来週には帰ってきます。それまでに見つけ出したいんです」

「誰かが持ち出したってことですか?」

彼女は表情を曇らせて、テーブルに視線を落とした。

「……そうです」

犯人に心当たりがあるらしい。警察ではなく知り合いに相談したのも、あまり表沙汰にしたくないからだろう。

「お父様は、手塚治虫のファンなんでしょうか?」

栞子さんがやっと口を開いた。本の話になってエンジンがかかってきたようだ。

「大ファンだと思います。父の部屋の本棚に入っているのは、ほとんど手塚治虫のマンガですから。昔はファンクラブにも入っていたそうです」

「お父様がお生まれになった年は？」

「ええっと、一九六……八年です」

なぜか納得がいったように、栞子さんはうなずいた。

「なくなったのは一般的なサイズのコミックスですよね……ああいった感じの」

栞子さんはあたりを見回すと、在庫らしいマンガの山を指差した。ジャンプコミックスの『ワンピース』が一番上に見える。

「はい。古いものなので、あんなに新しくはありませんけれど」

「講談社の全集は当然お持ちですよね。全四百冊で……白地の背表紙に『手塚治虫漫画全集』と印刷されていると思いますけれど」

「……あると思います。四百冊あるかどうかは、分かりませんけれど」

「全集と名がつくのはそれだけですか。文庫サイズのものは？」

「たぶん、ないと思います。文庫のマンガは、ほとんどなくて」

「ハードカバーの単行本はありますか。『アドルフに告ぐ』や『陽だまりの樹』など……サイズは四六判で、これぐらいです」

と、両手で四角を作ってみせる。依頼人はしばし考えこんだ。

「ある、気がします……はい、あります」

「『ブラック・ジャック』のハードカバー版はありましたか？　それに、週刊少年チャンピオンの古いバックナンバーは？　アニメのオリジナルビデオの限定版ボックスはどうでしょうか？」

別人のように早口になっている。完全にスイッチが入っていた。

「どれも、なかったと思います……あの……？」

彼女は戸惑っているようだった。当たり前だろう。本の盗まれた状況や、犯人の候補についてはまったく質問されず、ひたすら父親の蔵書の内容を確認されているのだ。

「なるほど……分かってきました」

「なにが？　全っ然分からない」

滝野リュウがすかさず口を挟む。たぶん俺や真壁菜名子も同じ気持ちだった。

「ちょっと待って。後で説明します……真壁さん」

栞子さんは依頼人の両目をじっと覗きこんだ。

「文庫サイズのマンガはほとんどないとおっしゃっていましたね。でも、『ブラック・ジャック』の文庫版の単行本を、お父様は何冊かお買いになってはいませんか？　そうでなければ、コンビニだけで流通している『ブラック・ジャック』の安いアンソロジーを揃えていらっしゃるかもしれません」

少し間があってから、真壁菜名子は急に目を見開いた。

「……そういえば、『ブラック・ジャック』の文庫が何冊かありました……古い単行本と一緒に並んでいたと思います」

「そうですか。やっぱり……ひょっとして、持ち出された『ブラック・ジャック』は四巻ではないですか？」

「どうして分かったんですか？　わたし、まだそこまでお話ししていないのに」

彼女の声が大きくなった。俺にもまったく見当がつかない。この人が本についての謎を解く姿を、誰よりも多く見ているはずなのだが。

「そうですね……どこから説明すれば……」

栞子さんはしばし考えてから、友人の方を向いた。

「リュウちゃん、『ブラック・ジャック』の単行本の在庫、滝野ブックスにあるかしら。一冊ずつでいいけれど、なるべく多く種類が欲しいの」

「ちょっと待って。兄さんに訊いてくる」

滝野リュウは立ち上がり、リビングから飛び出していった。

3

マンションのドアが閉まってから、栞子さんは再び真壁菜名子と向かい合った。

「持ち出したのは誰か、ご存じなんですね」

依頼人はつかえを取るように喉を動かした。

「……たぶん、弟です。母は五年前に癌で他界して、うちにいるのはわたしたち二人だけですから。誰かが出入りした様子もありませんでしたし」

「このことについて、弟さんとはお話をしたんですか？」

「はい……やらなかったと否定はしませんでした。隠し持っているんだと思います。わたしが尋ねたら、バカにしたみたいに『あのマンガがどういうものか、分からない姉さんに教えたってしょうがない』って」

なるほど。俺にも納得がいった。だから本について詳しそうな、滝野ブックスの娘に助けを求めたわけか。

「隠してしまったとして……その理由にお心当たりはありますか？」

真壁菜名子は唇を嚙む。答えがかえってくるまでに時間がかかった。

「弟は高一なんですけど、高校受験の時に体調を崩して、志望とは違う学校に二次募集でどうにか合格したんです。ショックもあって、なじめなかったみたいで……通わなくなってしまいました。それで、父ともうまくいかなくなって」

きっとどこの学校でもあることだろう。俺の高校時代にも最初のホームルームで見かけたきり、誰とも話さないまま教室からフェードアウトしてしまったクラスメイトがいた。

「父は慎也を……あの、弟の名前です。弟を自分の部屋へ呼んで、かなり強く叱ったみたいでした。なにを言ったのか分かりませんが、かえって逆効果だったみたいです。ほとんど家から出なくなって、わたしとも口を利かなくなって……本のことも、きっとそれが原因だと思います」

つまり、父親への嫌がらせということか。大事にしている古書マンガを持ち出されれて、怒らないマニアはいないだろう。ただ、二冊だけ隠すというのが引っかかる。どうして全巻持っていかなかったんだろう。

「お父様が帰国される前に、蔵書を元通りにしたいということですね。これ以上、お二人の仲がこじれないように」

「……そうです」

　彼女は力なくうなずいた。父と弟の間に挟まれて心を痛めてきたのだろう。

　玄関のドアが開いて、滝野リュウが戻ってくる。抱えてきた本をどさりとテーブルに広げた。

「持ってきた。一応、全部一巻。これで大丈夫？」

　新書サイズのコミックスが二冊、四六判のハードカバーが一冊、もう一冊は文庫サイズだ。栞子さんの唇から笑みがこぼれた。

「ありがとう。さすが、いい品揃えです」

　こんなに種類があるとは思わなかったが、今回の件とどう関わっているんだろう。わざわざ持ってこさせたということは、なにか意味があるはずだが。

（ん？）

　俺は首をかしげた。昔、友達のうちで読んだ単行本が見当たらない。

「これ以外にも『ブラック・ジャック』の単行本ってないですか？　青年マンガと同じサイズで、黒地に白のタイトルが入ってて……」

「それは講談社の『手塚治虫漫画全集』版ですね。全集にはもちろん収録されていますが、ここにあるのは『ブラック・ジャック』だけを集めた単行本の一巻です。他にも傑作選やアンソロジーの類は無数と言っていいほど出版されています」

栞子さんは新書サイズの一冊の表紙を指し示した。『ブラック・ジャック』という タイトルの下に「SHŌNEN CHAMPION COMICS」と印刷されている。主人公の顔が印刷されているのは他のものと変わらないが、デザインが古い感じだ。

「これが一番早い時期に刊行された少年チャンピオンコミックスです。一巻の初版は一九七四年五月発行で、巻数も二十五冊と多くなっています。昔のコミックスにしては比較的紙質もよかったと思います……真壁さんのお父様がお持ちなのも、こちらではないですか？」

依頼人が手に取って確認する。裏を見ようとひっくり返した時、表紙の下の方にある「恐怖コミックス」という文字が俺の目を惹いた。確かに手術シーンはグロかったが、昔はそういう扱いだったのか。

「だと思います……でも、ちょっと違うところもあります。裏側の色が……」

と、バーコードの入った白い裏表紙に触れた。

「書籍のカバーにバーコードが印刷されるようになって、デザインが変わったんです。これは比較的新しい版ですが、昔の版は青地で、中央に帽子のマスコットキャラクターがあしらわれています」

「……父が持っていたのはそれです。間違いありません」

栞子さんはコミックスを受け取り、さらに話を続けた。

「おそらく四十代以上の読者にとっては、この古いチャンピオンコミックス版が一番馴染み深い単行本でしょう。他の版を改めて買わない人も多いはずです」

それでさっきハードカバー版や文庫版の有無を尋ねたのか。きっとこの人はコレクションの傾向から、持ち主の人となりを見極めようとしていたのだ。

「あれ、でも何冊か文庫もあったんですよね？」

俺は尋ねた。考えてみると「何冊か」というのは妙だ。文庫版の単行本も欲しいなら、全巻揃えそうなものだが。どうしてそんな変則的な買い方をしたんだろう。

「ええ。そこが重要なんです。今回の件にも関わってくることですが……」

と、ぴしりと人差し指を立てた。

「おそらく文庫本の購入は『ブラック・ジャック』の……というより、手塚治虫の作品全般に共通する事情のせいです。順を追って説明しますが……実はこれらの単行本の内容はそれぞれ微妙に違っているんです」

「どれも同じマンガの単行本じゃないですか」

「それはそうですが……一巻の目次を比べてみると分かると思います。最初に刊行されたチャンピオンコミックス版を見ると……」

彼女は目次を俺たちに見せる――「第1話　医者はどこだ」「第2話　海のストレンジャー」「第3話　ミユキとベン」「第4話　アナフィラキシー」「第5話　人間鳥」「第6話　海賊の腕」「第7話　ふたりの修二」「第8話　鬼子母神の息子」。全部で八話だった。

「次に刊行されたのはこちらのハードカバー版です。一巻の初版は一九八七年四月、『ブラック・ジャック』は連載終了していましたが、手塚は存命していました。文庫版はハードカバー版を文庫化したものなので、この二種類については基本的に内容は同じです」

開かれた目次のページを他の三人が覗きこんだ。「医者はどこだ！」「春一番」「畸形嚢腫」「人面瘡」「ときには真珠のように」「めぐり会い」「絵が死んでいる！」「六等星」「ブラック・クイーン」「U-18は知っていた」「アリの足」「二つの愛」。こっちには十二話収録されている。

「あ、目次が全然違う。文庫で読んだことあったけど、初めて知った」

滝野リュウも感心したように二つの目次を見比べている。

「ハードカバー版はベストストーリーの収録というコンセプトがあったので、これらの話が執筆された年代はバラバラです。一話完結というスタイルでしたから、読者にもあまり違和感も持たれなかったんでしょう。

二つの目次に共通しているのは最初の『医者はどこだ！』ですが、これは『週刊少年チャンピオン』に掲載された第一話です。ハードカバー版の三番目に『畸形嚢腫』が来ているのは、たぶん重要なキャラクターである助手のピノコが誕生する話だからだと思います。全体の構成を考えて最初の方に持ってきたんでしょう。ちなみに雑誌の掲載順では第十二話です」

「へえ、意外と遅いんだ。ピノコが出てくるの」

「そうですね。数回で終わるはずだった短期連載が、予想外に長期化していく過程で登場したキャラクターです。連載当初の構想に、ピノコの存在はなかったのかもしれません」

「それじゃ、こっちのチャンピオンコミックスは、雑誌に載った順番になってるんですよね」

と、俺。チャンピオンコミックスの目次に「畸形嚢腫」は見当たらない。一巻にピノコは登場しないのだろう。しかし、彼女は首を横に振った。

「違うんですか？　最初の単行本なのに？」

「生前の手塚は単行本への収録作品を自分で選んでいました。雑誌掲載時と順番を変える程度は、手塚にとってごく当たり前のことだったんです。昔のチャンピオンコミックスにも、作者による取捨選択の跡があります」

彼女はもう一冊あった新書サイズのコミックスを手に取る。やはりブラック・ジャックの上半身が描かれた表紙だが、さっきのものとはデザインがだいぶ違う。コミックスにしてはかなりページ数が多いようだ。

「こちらは二〇〇四年に刊行された新装版の少年チャンピオンコミックスです。新装版では雑誌の掲載順に話が収録されています。最近刊行された『手塚治虫文庫全集』版も同じようなコンセプトになっています」

今度は俺が代わりに目次を開いた。「第1話　医者はどこだ！」「第2話　海のストレンジャー」「第3話　ミユキとベン」「第4話　アナフィラキシー」「第5話　人間鳥」「第6話　雪の夜ばなし」「第7話　海賊の腕」「第8話　とざされた記憶」「第9話　ふたりの修二」「第10話　鬼子母神の息子」「第11話　ナダレ」「第12話　畸形嚢腫」。こちらは十二話収録されている。古いコミックスと比べてみると、第五話までは同じだが、それ以降が少し違う。

「古い方だと『雪の夜ばなし』と『とざされた記憶』が飛ばされてるんですね。これってどうなったんですか？」

「この二話については、後の巻で収録されました。でも、特に手塚の生前に刊行されたコミックスでは、そうならないケースもあったんです」

「どういうことですか？」

俺が尋ねると、栞子さんはさらに話を続ける。

「まず前提として、手塚治虫は自作に手を入れ続ける作家でした。単行本が出るたびに問題があると思われる箇所をどんどん変えていくんです」

「……順番を変えるだけじゃなくて？」

「そんな生やさしいものではありません。セリフの訂正や絵の修正はもちろんのこと、多くのページを描き直すこともしょっちゅうでした。『火の鳥』の望郷編や太陽編など、雑誌掲載時とストーリーが大きく異なる作品も珍しくありません」

「なんでそんなに直してたんですか」

「元の原稿が紛失して描き直しを余儀なくされた場合や、打ち切られた連載を後に単行本化する際に描き足しをした場合などもありましたが……なによりもクリエイターとしての姿勢が大いに関係していたと思います。

手塚治虫は数多くの業績を残しながら、常により多くの読者に受け入れられたい、いつの時代でも現役のクリエイターであり続けたいという欲求が非常に強かったようです。雑誌に掲載された作品を単行本化する際はもちろん、旧作の版を改める場合にも、読者の嗜好に対応できるよう細心の注意を払い続けたのだと思います。どの話を単行本に収録するか選ぶのもその一環でした。

その姿勢は素晴らしいものだと思いますが、一つの作品でも異なるバージョンがいくつも存在することがあるので、好きな作品のすべてを網羅したいマニアにとっては悩みの種になっています」

ふう、と彼女は息をつく。この人もなにか悩まされた経験があるのだろう。そういえば、さっき「手塚の作品は単行本を一種類読んだだけでは分からないことが多い」と言っていた。あれはそういうことだったのだ。

「もちろん『ブラック・ジャック』でも単行本化の際にセリフや絵の修正は行われていますが、それだけではなく収録そのものが見送られ、結局単行本化されなかった作品がいくつもあったんです。

ここにある単行本に収録されている話の種類は、どれも微妙に違っています。一種類の単行本を揃えただけでは、すべての話を網羅できません。今後、決定版のような単行本が刊行されれば、話は変わってくるでしょうが……現時点でできるだけ多くの作品を読みたければ、他の種類の単行本や、その作品の掲載された少年チャンピオンを手に入れて補完するしかないんです」

この人が単行本の種類や雑誌の有無をしつこく確認していた理由が、俺にもやっと分かった。

「真壁さんのお父さんは、昔のチャンピオンコミックスで読めなかった話を、文庫の単行本で補完してたんですか」

「直接蔵書を拝見していないので憶測ですが……おそらくそういうことかと」

「ってことは、それで『ブラック・ジャック』は全部読めるんですね」

「いいえ。それでも完全に揃わないんです。何作かは未収録のままになっています」

「そうなんですか？」

俺は尋ねる。まだなにかあるのか。

「それについては特殊な事情があります。先ほどの四巻の話にも関係してくるんですけれど……」

歯切れのいい説明に、俺たちはすっかり引きこまれていた。どうしてチャンピオンコミックスの四巻が盗まれたと分かったのか――肝心の話はここからのようだった。

「手塚治虫が医師免許を持っていたことは有名ですが、実際に患者を治療したことはほとんどありません。医学の知識も学生時代に得たものが中心で、『ブラック・ジャック』の連載では医学書などを参考にしていたようです。

4

当然、医学用語の取り違えや描写のミスは出てきます……一九七六年、第一五三話の『ある監督の記録』が、ロボトミー手術を正当化しているとして問題視され、障害者団体などから抗議を受けました」

「ロボトミー手術？」

と、俺。滝野リュウや真壁菜名子も知らないようだった。

「脳の一部を切除することで、精神疾患を治療する手術のことです。第二次世界大戦直後は各国で行われていましたが、深刻な副作用を伴っていたため、大きな問題になりました。医師の説明責任が確立していなかったこともあり、人体実験に当たると厳しく非難されたんです。現代ではほとんど行われていません。勧められない治療法という評価が一般的になっています」

「『ブラック・ジャック』にそんな手術が出てきたんですか？」

「いいえ。ロボトミーという言葉は出てきますが、描かれているのは別の手術です。当時の手塚は頭蓋骨を開けて、脳に電気刺激を与える治療をロボトミー手術だと誤解していたようです。

ただ、ロボトミー手術の問題や被害についてなにも知らず、言葉の意味すら取り違えたまま不用意に登場させたことに、問題があったと感じたのでしょう。公式に謝罪した後、別の難病を治療する話に描き直し、『フィルムは二つあった』と改題して単行本に収録させます」

「それ、読んだことあるわ。ヒゲオヤジが出てくる話よね」

滝野リュウの言葉に、栞子さんはうなずいた。

「でも、そうすると抗議を受けた話は収録されてるんですよね。なにが未収録になってるんですか？」

と、俺は尋ねる。栞子さんは指を二本立てた。

「第四一話の『植物人間』と、第五八話の『快楽の座』です。話の傾向はまったく違うものの、脳への手術によって意識や精神を刺激する場面が出てきます。もちろん、登場する治療方法は実際のロボトミー手術ではありませんが……手塚の死後、未収録だった話の多くは単行本化されましたが、この二つのエピソードだけは除外されているんです」

「抗議を受けたことと関係あるんですか？」

「まったく無関係とは言えないでしょう。でも、作者が亡くなった今となっては謎のままです。はっきりしているのは、作者自らが単行本に収録しないと判断していたことだけです……『ある監督の記録』のように、病名を変えて描き直された作品は他にもありましたが、この二作にはそういった措置も取られませんでした」

栞子さんは古いチャンピオンコミックスの一巻を手に取って、ぱらぱらとページをめくっていく。どこか懐かしい、紙の匂いが立ちのぼった。

「ただ、そうした作者の判断とは別に、好きな作品をすべて読みたいという熱烈なファンの思いも存在します。彼らは未収録の作品であっても、どうにかして手に入れようと努力するんです」

彼女は俺と目を合わせた。

「実は二つの話のうち、『植物人間』は初期の単行本に収録されていました……この旧チャンピオンコミックス版の四巻に」

「四巻……じゃあ、読むこともできたんですか」

「はい。初版は一九七五年の三月に刊行されましたが、それから一、二年の間に流通していた版には『植物人間』の収録が確認されています。その後、別の話に差し替えられて、四巻は販売され続けました。つまり、旧チャンピオンコミックス版の四巻は二種類あります……『植物人間』が収録されている古い版は、現在は高額で取り引きされています。真壁さんのお父様はどちらもお持ちのはずです」

（そういうことか）

ようやく話が見えてきた。真壁菜名子の父親は、中学生の頃に『ブラック・ジャック』を全巻揃えたという話だった。もうその頃の四巻には「植物人間」は収録されなくなっていたはずだ。後になって未収録作品の存在を知り、古い版を古書店かどこかで買い求めた――四巻が二冊あるのはそういう理由だ。高値のついている古書だったからこそ狙い打ちにされたのだ。

それにしても、少し話を聞いただけで四巻が目的だと気付いたこの人もやっぱり普通ではない。もちろん未収録作品も含めて、『ブラック・ジャック』を全話読んでいるのだろう。

「真壁さんの弟さんは、古い四巻に価値があることを知っていたのでしょう。ただ、なぜわざわざ『植物人間』が収録されていない方まで持ち出したのか、そのあたりはよく分かりませんが……」

ふと、栞子さんは怪訝そうに依頼人の顔を覗きこんだ。

「あの、真壁さん……どうかなさいましたか？」

俺も真壁菜名子の様子が気になっていた。さっきから一言も喋らないわりに、なにか言いたげにもじもじしている。

「あの、最初にお見せしなきゃいけないものがあったんですけど、つい言い出しそびれてしまって……わたしの説明が足りませんでした」

いかにも申し訳なさそうに切り出した。

「父の部屋からなくなった『ブラック・ジャック』の四巻ですが……たぶん二冊ではないと思うんです。自信はないんですけど、三冊だったような……」

俺と滝野リュウだけではなく、栞子さんも面食らったようだった。

「では、三冊お持ちだったんですか？」

「いいえ、それが……」

足下に置いてあったらしい白いバッグを膝に上げて、中から古びた新書サイズのコミックスを取り出した。

「え……」

全員が唖然とした。ブラック・ジャックの横顔と手術用のメスがカバーに描かれている。旧チャンピオンコミックス版の『ブラック・ジャック』四巻――しかも二冊あった。片方だけにパラフィン紙がかかっている。

「ご参考になるかと思って持ってきたんですけど……本当にすみません」

真壁菜名子が頭を下げる。失礼しますと断ってから、栞子さんが二冊の奥付のページを次々と開いた。昭和五十六年三月発行の四十九版と、昭和五十七年七月発行の五十三版。どちらも「植物人間」が収録されていない版だ。

本を閉じた栞子さんが、おもむろに口を開く。

「……お父様は、四巻を何冊お持ちだったんですか？」

「五冊だと思います」

しばらく迷ってから、依頼人が答えた。

「たぶん、そのうちの三冊がなくなったんです」

「四巻だけそんなに数が多いんですか？」

彼女は首を横に振った。

「いいえ……四巻ほどではないですけど、他の巻も重複しています。父は『ブラック・ジャック』の単行本だけ、倍ぐらいの数を持っているんです」

5

夜が更けて風が強くなってきた。門柱の陰で杖を突いている栞子さんが、トレンチコートの前を軽く合わせる。

「寒いですか？」

と、尋ねたが、彼女は首を振った。

「……大丈夫です」

大丈夫なわりには声が暗い。

俺と栞子さんは真壁家の前に来ている。根岸(ねぎし)線の線路に近い住宅街で、同じようなデザインの一戸建てがずらりと並んでいる。最寄り駅は洋光台(ようこうだい)だが、港南台の滝野ブックスからも歩いて来られそうな場所にあった。

ここへは真壁菜名子に連れてきてもらった。栞子さんが父親の蔵書を見せて欲しいと頼んだからだ。大量に重複しているという『ブラック・ジャック』の単行本を、自分の目で確かめたかったのだろう。滝野リュウは明日の仕事に差し障るからと付き合わなかった。

父の部屋が散らかっているかもしれません、少し待っていて下さいと言い残して、真壁菜名子は家の中に入った。弟の様子を見に行く口実だと思う。ブラインドは降りているが、ここへ来た時から二階の窓の明かりは点いていた。

「真壁さんのお話を、最初からちゃんとお聞きすればよかったです」

栞子さんが小さくつぶやいた。

「どういう本をどれぐらいお持ちか分からないと、お役に立てるはずないのに……夢中になって本の話ばかりしてしまって、恥ずかしいです」

さっきから妙にしおれているのはそのせいだったのか。

「俺は面白かったですよ、『ブラック・ジャック』の話。有名なマンガにあんな事情があったなんて知らなかったし」

彼女の顔がぱっと明るくなりかけて、すぐまた元に戻った。なぜかむくれたようにそっぽを向いている。

「そうやってわたしを甘やかすのはやめて下さい……年下のくせに」

「年、関係あるんですか」

「大輔さんがいると、他の人が一緒でもああいう話に歯止めが利かなくて……いえ、本当は自分で気を付けないといけないんです。でも、いつも喜んで聞いてくれるから、わたしもすごく嬉しくなっ……」

ふっつりと口をつぐむ。恥ずかしくなったらしい。急に首を曲げて玄関の方を窺い始める。

「ま、真壁さん、まだかしら」

誤魔化し方が小学生レベルだ。俺も玄関を見るふりをする。顔がにやけるのを抑えるのに必死だった。彼女が話してくれるのは俺だって嬉しい——それが恋愛とは無関係だとしても。

「栞子さんは俺が一緒じゃなくても、こういう依頼を受けるんですか」

滝野リュウの言葉がずっと引っかかっていたのだと思う。うっかり口にのぼった質問だった。波が引くように彼女の表情が消えていく。なにかは分からないが、まずいことを口にした気がした。

「いや、いいです。すいません……そうそう、同じマンガを五冊も買うことなんて、あるもんなんですか？」

と、強引に話題を変えた。俺の誤魔化し方も人のことは言えない。それでも、彼女はちゃんと乗ってくれた。

「……マニアの中には特別なこだわりを持つ人はいます。『ブラック・ジャック』の旧チャンピオンコミックス版は、何十年も流通していましたし、時代による微妙な装丁の違いを確認したかったのかも……なんにせよ、理由はあるはずです」

ようやく玄関のドアが開いて、明かりの中から真壁菜名子が顔を出した。

「お待たせしてすみませんでした。どうぞ」

と、俺たちに声をかけた。

案内されたのは一階の広い和室だった。父の部屋と言っていたが、もともとは夫婦の寝室だったのだろう。古びた鏡台と箪笥（たんす）が置いてあった。反対側の壁にはずらりと本棚が並んでいる。

「手塚治虫について、父が集めているものは全部この部屋の本棚にあります」

真壁菜名子の説明をどこまで聞いているのか、栞子さんが目を輝かせて、本棚を一列ずつ確認していく。

収められている本の多くが手塚治虫のマンガだった。ひときわ目を引くのが『手塚治虫漫画全集』と背に印刷された単行本だ。四百冊あるかは分からないが、一つの本棚のほとんどを占領している。『火の鳥』や『アドルフに告ぐ』などのハードカバーもあるが、多くは新書やＢ６サイズのコミックスだった。『ブラック・ジャック』以外にも、潮出版社の『ブッダ』や講談社の『三つ目がとおる』、サンコミックスの『鉄腕アトム』などが手に取りやすい位置に並んでいる。

「七十年代以降に発表された作品が中心ですね」

栞子さんが口を開いた。

「古い作品も揃っていますが、そちらの方はあまり昔の単行本にこだわっていらっしゃらないようです……あの、真壁さん、申し訳ありませんが、椅子を貸していただけませんか？」

「は、はい」

真壁菜名子は鏡台の椅子を出してくる。栞子さんは礼を言って座り、杖を畳の上に置いた。目の前の棚に並んでいる『ブラック・ジャック』を順番に取り出して、状態と奥付を確かめていく。確かにどの巻も二冊ずつあるようだが、そのうち一冊には必ずパラフィン紙がかかっている。そういえば、真壁菜名子が持ってきた四巻もそうなっていた。特別大切にされているようだった。他にパラフィン紙がかかっているマンガは見当たらない。

「パラフィンのカバーがかかっている方は、保管用なんですか？」

俺は真壁菜名子に尋ねる。

「どうでしょうか……わたし、疑問に感じたことがなかったんです。物心ついた時からこうなっていましたし。父にも尋ねたことがありませんでした」

すべての巻を戻した栞子さんが、俺たちの方を振り向いた。

「ここにあるほとんどは昭和五十年代後半、一九八〇年代前半に発行された版です。同時期……つまり、真壁さんのお父様が十代の頃に集められたものだと思います」

ということは、中学生の頃にわざわざ二冊ずつコミックスを買っていたんだろうか。熱心なファンならありうるのかもしれないが。

「……ところで、最後の二十五巻だけは重複していません。ここにもう一冊ありませんでしたか？」

栞子さんはチャンピオンコミックスの二十四巻と、『ＢＬＡＣＫ　ＪＡＣＫ　Ｔｒｅａｓｕｒｅ　Ｂｏｏｋ』という書名の文庫に挟まれた二十五巻を指差した。確かに一冊しかなかった。それにパラフィン紙もかかっていない。

「わたし、初めて気がつきました……その二十五巻も珍しいものなんですか？」

「いいえ。わたしの知る限りでは、古書価がつくようなことはありません。発行部数も非常に多いですし、今でも簡単に手に入ります」

「じゃあ、やっぱり慎也が……」

真壁菜名子がつぶやいた。かえって謎が増えた気がする。『植物人間』が収録された四巻だけではなく、他の巻まで持ち出す理由はなんだろう。

「あら？」

栞子さんは『ブラック・ジャック』が並んでいる段の端に押しこんであったものを引き抜いた。本は本だがパンフレットのような薄い冊子だ。どうやらファンクラブの会報らしい。表紙によると特集は『ユニコ』で、角の生えたキャラクターが描かれている。一九八三年に発行された号だった。

「ユニコっていうんですか。このキャラクター」

「ええ。一九七〇年代後半にサンリオの雑誌で連載された幼い少女向けの作品で、この時期アニメ化もされていました」

栞子さんはぱらぱらと中をめくっていく。するとピンク色の封筒が現れた。やはりユニコの封筒だった。

（こんなグッズまで集めてたのか）

真壁菜名子に断りを入れてから、栞子さんが封筒の中身を改めたが、なにも入っていなかった。それにしても、どうしてここに会報が一冊だけ差しこんであったんだろう。ファンクラブの会員だった人間が会報を持っていても不思議はないが。

「ところで真壁さん、お父様の他に『ブラック・ジャック』をお読みになっている方はいらっしゃいますか？　ご家族の中で」

「……弟は読んでいると思います。わたしは子供の頃に少し読んだんですけど、手術のシーンが怖くて……『三つ目がとおる』の方が好きでした」

「わたしも大好きです。面白いですよね」

栞子さんが微笑んだ。

「あの、亡くなったお母様は？」

真壁菜名子は戸惑ったようにまばたきをした。

「母は……そういえば、読んでいたのを見たことがあります。面白がっていたかどうかは、分かりません。読書は好きでしたけど、感想とかをあまり口にしない人だったので」

「立ち入った質問になってしまいますが……ご両親はどういったきっかけで知り合われたんですか？」

さっきからやけに母親のことを尋ねている。俺たちには分からない、深い意味がありそうだった。

「……母のところに父の手紙が来たのがきっかけって聞いています。母は父の一つ下で、まだ中学生でした」

「ラブレターってことですか？」

俺はつい聞き返した。ずいぶんベタなきっかけだ。

「だと思うんですけど、はっきりとは……最初はただの友達として、文通しているだけだったと母は言ってました。母の実家はここのすぐそばで、父の方は当時根岸に住んでいました……学校も全然違うので、どこで母のことを知ったのかはよく分からないんです。尋ねても笑っているだけだったので」

根岸まで洋光台から電車で十分ぐらいの距離だ。どこかで顔を合わせていてもおかしくはないが。

「何度かやりとりをするうちに親しくなって、直接会うようになったそうです。それから付き合い始めて……」

両親の馴れ初めを語るのが恥ずかしかったのか、真壁菜名子は言葉を濁した。

「何年か後に結婚されたんですか」

栞子さんがその後を引き取る。

「はい……ただ、母方の祖父が二人の交際には反対でかなり衝突していたらしくて。昔は厳しい人だったって聞いています。母は短大を卒業する直前に、ほとんど家出みたいに父の六畳一間のアパートに引っ越したそうです」

「そうですか……大変だったでしょうね」

栞子さんが優しい声で言った。

「詳しく教えてくれませんけど、苦労していたみたいです。父はここにあるマンガを手放そうと考えたんですが、母に止められたそうです……」

和室の中にしんみりとした空気が流れる。真壁菜名子は我に返ったように、早口で話を続けた。

「あっ、いえ。そんなに深刻な話じゃありません。わたしが生まれる頃には祖父とも和解して、今ではみんな仲がいいんです。祖父も祖母もわたしたちにすごく優しくしてくれて……ちょっと甘すぎるぐらい」

たぶん、和解のきっかけは孫が生まれたことだろう。娘を失った今は、その子供たちに愛情を注いでいるのだ。

「ありがとうございます」

栞子さんは会報を持ったまま、杖を拾って立ち上がった。聞くべきことを聞き終えたようだ。俺たちには見当もつかないが、もう謎は解けているのだろう。

「弟さんに、会わせていただけますか？」

真壁菜名子は目を伏せた。

「あの、素直に来てくれるかどうか……さっきも部屋の前で話しかけたんですけど、返事もしませんでしたし……」

「『植物人間』のことで話があると伝えて下さい。それでたぶん大丈夫です……一刻も早く、彼と話した方がいいと思います」

6

真壁慎也が姉に連れられてきたのは、それからしばらく後だった。

襟の広がった長袖のTシャツとカーゴパンツを着た、神経質そうな長身の少年だった。伸びすぎた前髪の下で、両目が腫(は)れぼったく充血している。明らかに寝不足なのは手に持っているゲーム機のせいだろう。俺の視線に気付くと、のろのろとポケットに仕舞った。

「篠川栞子です。こんばんは」

栞子さんが小首をかしげて挨拶する。一応俺もそれにならったが、相手は無言のままだった。そうだろうと思っていたが。

「弟の慎也です」

と、姉に紹介されている。

「用ってなんですか」

聞き取るのがやっとの小声で、しかも早口だった。栞子さんはまったく動じない。本の謎を解いている時の、自信に満ちた彼女だ。

「わたし、北鎌倉で古書店をやっている者です。お姉さんに頼まれて、ここからなくなった『ブラック・ジャック』を捜しているんです……持っていったのは、あなたですよね」

しばらくの間、誰も口を利かなかった。やがて少年が大あくびをする。

「……確かに、姉さんに教えてもしょうがないとは言ったけど」

突然、目を光らせて姉を睨みつけた。

「だからってこんなワケの分かんない奴、わざわざ連れてくんな！　クソ親父の四巻ぐらい一人で捜せよ」

姉の顔が青ざめている。きっと普段はこんな風に怒鳴らないのだろう。少年は部屋を出ようとした。

「やっぱり、あなたが持ち出したのは四巻だけなんですね。『植物人間』が収録された、旧チャンピオンコミックスの」

襖に手をかけていた真壁慎也が振り返った。

「……だったらなに」

「やっぱり」

栞子さんはにっこりした。この場にそぐわない晴れやかな笑顔で、かえって妙な凄みが感じられる。彼女は俺と依頼人に向かって言った。

「二十五巻はなくなってなどいなかったんです。たぶん、もともとここには一冊しかなかったんでしょう」

「えっ。でも……」

他の巻は重複している。どうして二十五巻をもう一冊買わなかったんだ？　そう尋ねる前に、真壁慎也が襖をからりと開けた。自分との話は終わったと思ったらしい。

その背中に栞子さんが声をかけた。

「あなたはあの四巻が、本当にお父様だけのものだと思っているんですか？」

「……どういうこと」

体の向きを変えて、俺たちを正面から見すえる。

「なぜ『ブラック・ジャック』のほとんどの巻が重複していたのか……答えは簡単で

す。半分はあなたのお母様のものだったからです」

俺たちは呆気に取られた。母親について訊いていたのは、それを確かめるためだったのか——いや、母親が『ブラック・ジャック』を集めているという話は出ていなかったはずだが。

「いい加減なこと言うな」

少年が険しい目つきで言う。それでも栞子さんは平然と話を続けた。

「ここにある『ブラック・ジャック』にはどの巻も一冊だけパラフィン紙がかかっています。他のマンガはそうなっていません……お父様の習慣ではないということです。これらのコミックスが発行されたのは、あなたのご両親が中学生の頃です。きっとお二人それぞれが買い求められたものでしょう。おそらくともに手塚治虫、特に『ブラック・ジャック』の愛読者で……」

「いい加減なこと言うなって言ってるだろ！」

襖の縁に平手を叩きつける。大きな物音に本人も驚いたのが見て取れた。もともとは姉と同じく大人しい性格なのだろう。そういう人間がここまで激高することに、俺は違和感を覚えていた。なにかまだ明らかになっていない事情があるのかもしれない。

「だったら証拠、出してみろよ」

栞子さんに一歩近づく。彼女を庇えるように俺も身を寄せる。確かにこれまでの話はすべて憶測だ。納得させられなかったら、この相手は冷静さを失うかもしれない。

「証拠はこれです」

栞子さんは手にしていたファンクラブの会報を少年に押しつける。例の一九八三年に発行された号だ。

「後ろの方にある会員の投稿欄のページを開いて下さい。一番最後に載っている投稿が証拠です」

少年はしぶしぶ会報を開いた。彼の姉も俺も上から覗きこむ。ファン同士の交流を目的としたコーナーらしく、手塚作品についての感想などが載っている。一番最後の投稿というのは、こういうものだった。

横浜のすみっこに住んでる中二の「BJ」大大大ファンどぇす。やっと単行本を集めおわって、親にかくれて毎日よんでます。「ちぢむ!!」「人面そう」「からだが石に…」とか、こわ〜い病気の話が好き！　なネクラっ子。趣味があう同年代の人、おたよりください！

背中がむずむずするような文章の後に、手紙の送り先が記されていた。宛名は「相川美香」。住所は神奈川県横浜市磯子区洋光台――。

「これ、母です。間違いありません……」

真壁菜名子がつぶやく。俺にもやっと理解できた。ファンクラブの会報で「相川美香」は文通の相手を募集していた。そして――。

「それを読んだお父様が手紙を出されたんでしょう。挟まっていたユニコの封筒は、おそらくお母様のものです。この部屋を見る限りでは、お父様はこういったグッズに興味をお持ちではありません。ここにあるのはご自分の好きな作品を、馴染みのある単行本で読んで楽しむためのコレクションです。それに『ユニコ』は女子向けの作品で、連載されていたのはちょうどお母様が小学生の頃です……」

確かに他にキャラクターグッズは見当たらない。聞けば納得のいく話だったが、同じものを目にしていた俺にはまったく分からなかった。

「他にも、この投稿で分かることがあります」

栞子さんは手を伸ばして「からだが石に…」のあたりを指でなぞった。

「『からだが石に…』は『植物人間』の代わりに四巻に収録された話です。お二人が出会われた一九八三年当時、新刊書店ではもう差し替えられた版しか手に入らなかったでしょう。この時点ではまだお二人とも『植物人間』を読んでいらっしゃらなかった可能性が高いです。お付き合いするようになってから、どこかで未収録作品の存在を知り、それぞれが古い版の四巻を古書店で買い求められた……ご結婚の際にお母様がコミックスを持参された結果、ここまで重複してしまったんです」

俺は頭の中で計算する。『植物人間』が収録されている版とされていない版の両方を、夫婦それぞれが持っていたということか。それだけで四巻はもう四冊ある。

「でも、なんで『ブラック・ジャック』だけが重複してるんですか？　ファンクラブに入るほどのファンだったら、他の単行本も持ってたはずじゃないですか？」

「たぶん、スペースの問題だと思います」

あ、と俺は声を上げた。そういえば真壁菜名子は言っていた――六畳一間のアパートで二人は暮らしていたと。ただでさえ夫は大量のマンガを持っていた。そう簡単に蔵書を増やせるわけがない。一番大事な『ブラック・ジャック』だけを持ってきて、苦しい時期も夫婦二人で守り抜いたのだ。

「でも、二十五巻は重複してないんですよね」

「それも説明がつきます。旧チャンピオンコミックス版の最終巻……二十五巻の初版が発行されたのは一九九五年です。一つ前の二十四巻が発行されてから実に十年以上、手塚の死後五年も経ってからでした」

「……そんなに遅かったんですか？」

「はい。実は二十五巻はそれまで未収録だった話を集めたものです。もともと旧チャンピオンコミックス版について、出版社側は二十四巻で完結したものと考えていたようです。手塚が自ら選んだ作品はすべて収録されたわけですから。でも、さっきもお話ししたように、収録から洩れた話が多く残されていました。二十五巻の刊行はそれらを読みたいというファンのニーズに応えたのでしょう。

　つまり、真壁さんのご両親が結婚された時、旧チャンピオンコミックス版は二十四巻までしかなかったんです」

　栞子さんはずらりと並んでいる手塚治虫の単行本を見渡した。

「『ブラック・ジャック』は重複していますが、他のマンガはそうなっていません。ご結婚後は完全に蔵書を共有して、わざわざ二冊買わないというルールをお作りになったのだと思います。だから二十五巻が刊行された時は、一冊揃えるだけで済まされたのではないでしょうか」

　誰も言葉を発しなかった。異論を唱えようがなかったのだろう。いつもながらの鮮やかな説明に、俺は舌を巻いていた。ほんの少し本棚を眺めただけで、どうしてここまで分かるのか。

「慎也さん、お父様との間になにがあったのか、わたしには分かりません。でも、ここにあった四巻のうち二冊は、お母様の遺されたものです。お父様はそれをずっと守っていらっしゃった……どういう事情があったにしても、ここから持ち出したことは正当化できません」

真壁慎也はうつむいて奥歯を噛みしめる。自分のしたことを反省している——というわけではなかった。再び顔を上げた少年の口元には、引きつったような笑みが貼りついていた。

「親父が母さんのマンガを守ってた、とか本気で言ってんのか？　もう一冊のこと、あんたなにも知らないじゃないか」

「……どういうことですか？」

「四巻はこの家に五冊あったんだよ。あんたが説明したのは四冊のことだけだろ」

そういえば、盗まれた四巻は三冊だった。夫婦それぞれが手に入れた二冊以外に、まだもう一冊あるはずだ。

「親父が本当はどんな人間か、俺しか知らないんだ。姉さんも知らない……親父は家族のことなんかどうだっていいんだよ。きったねえマンガの方が大事なんだから」

「慎也……なにを言ってるの」

真壁菜名子の声に不安がにじむ。少年は姉に暗い目を向けた。

「母さんが死んだ日のこと、憶えてるよな。容態が急変したからって、学校にいた俺を親父が車で迎えに行ったろ。姉さんはもう病院で待ってて……結局、間に合わなかったけど」

不意に彼の顔がきゅっと歪んだ。

「親父の奴、あの時途中で通りかかった古本屋に寄ったんだよ。わざわざ車停めてさ。どうしたのって訊いたら、『四巻の初版が売られてるかもしれない』って。母さんが危ないって時だぜ？　あいつ、車の中で俺を待たせて、『ブラック・ジャック』の四巻買ってたんだ。ぼろっぼろの汚いやつだったけど、確かに初版だったよ。

病院に着いたら、母さんはもう脳死状態だった。あんなことしてなかったら、一言ぐらい話せたんじゃねえかな」

青ざめた顔で立ちつくしていた姉が、やっとのことで口を開いた。

「で、でも……あの時、母さんはもう意識は戻らないって言われてたのよ。父さん、母さんを励ますために、思い出の本を捜しに入ったのかも……」

少年は話を遮るように鼻で笑った。

「頭使ってその程度かよ。俺の小学校から病院へ行く途中に、うちの前も通ったんだぜ。本当に励ますつもりだったら、ここから持ってくはずだろ。思い出の本とかいうのはここにあるんだから……どんな善人面してても、ああいう時に本性って出るよな」

全面的に話を信じたわけではないが、反論も思いつかなかった。確かに妻を励ますためだったら、通りがかりの古書店で買っていくのはおかしい。

「……どこの古書店ですか？」

と、栞子さんが尋ねる。

「国道をずっと進んで、磯子の浜マーケットのちょっと先。バス停のそばだったかな。なんとか書房って看板出てたけど、名前ははっきり憶えてない。ちょうど閉店セールだったよ。だから、つい入りたくなったんじゃねえのか……母さんが死ぬかもって時に」

唇の端を皮肉っぽく吊り上げる。栞子さんは口元にこぶしを当てて考えこんでいた。気がかりなことがある様子だった。

「俺もガキだったから、あの時は意味も分からなかった。親父もあんなことなかったみたいな顔してたし……ずっと引っかかってたけど、黙っててやったんだ。でも、俺が学校に行かなくなったら、親父の奴、長ったらしい説教始めてさ。人間はその時々でやれることをやらなきゃいけない。寄り道してる時間なんかないんだぞって」

声がかすかに震えている。ひっとしゃっくりのような笑いが彼の口から洩れた。

「だから俺、訊いたんだよ。五年前、母さんが死ぬって大事な時に、古本屋に寄り道したあんたはなんなんだって」

「……父さん、なんて答えたの？」

真壁菜名子はおそるおそる尋ねる。

「なんにも答えなかった。石みたいに固まってたよ。言い訳しなかったってことは、後ろめたいことがあるってことだろ。だから俺、親父と似たようなことしてやったんだ。古本屋ならいくら寄り道してもいいんだから」

栞子さんがはっと顔を上げる。眼鏡の奥の瞳に静かな怒りが宿っていた。

「さっき『四巻はこの家には五冊あった』と言いましたね？」

「だから？」

「つまり、もうこの家に五冊はない……売ったんですね。古書店へ持っていって」

「慎也、なんてことしたの！」

初めて真壁菜名子が声を荒げる。しかし、弟の方は薄笑いを浮かべたままだった。

ポケットから出したゲーム機を馬鹿にしたように振ってみせる。

「四巻だけプレミアついてるってネットで見たけど、売ってみたら意外と安いのな。中古ゲーム一つ買ったら終わりだった」

真壁慎也が口にしたという言葉を思い出していた――あのマンガがどういうものか、分からない姉さんに教えたってしょうがない。

あれは五冊目の四巻についての説明だったのだろう。もう古書店へ持っていった後だったに違いない。

「……どこの古書店に売ったんですか？」

栞子さんが鋭い声で尋ねる。答えはなく、視線を逸らされただけだった。

（まずいな）

古書店が買い取ってから四、五日は経っているはずだ。もし誰かに買われていたら取り返しようがない。一刻も早くこの少年の口を割らせるしかないが、素直に応じてくれるとは思えなかった。

「……あなたが黙っていても、どこに売ったのか調べることはできます」

「本当ですか?」

自信に満ちた栞子さんの言葉に、つい俺が聞き返してしまった。

「ええ……慎也さん、あなたは十八歳未満です。万引きされた商品の持ちこみを防ぐために、今はほとんどの店で保護者直筆のサインが入った承諾書を求めてくるはずです。でも、お父様や菜名子さんに頼むことはできない……だとしたら、近所にお住まいのお祖父様たちのところへ行ったのではありませんか?」

真壁慎也の口から笑みが消えた。図星だったようだ。

「もちろん、本当のことを明かさずに、あくまで自分のものを売ると偽ってサインしてもらったはずです……このままあなたが黙っているなら、わたしたちはお祖父様たちに確かめる他ありません。この件に巻きこまれる方がさらに増えてしまいますが、それで構いませんか?」

長い沈黙が流れた。やがて、少年は力なく舌打ちをして、ゲーム機を持った手をだらりと下ろした。

「港南台の店だよ。滝野ブックスってとこ」

俺たちは耳を疑った。

7

三十分後、俺たちは再び滝野ブックスの事務所にいた。

「最初から一言俺に質問してくれていれば、行ったり来たりしなくても済んだんじゃないのか？」

エプロン姿の滝野蓮杖は呆れ顔で言った。

栞子さんと俺、滝野兄妹と真壁菜名子が囲んでいるテーブルの上に、『ブラック・ジャック』の四巻が重ねられている。一冊にはパラフィン紙がかかっていた。

「わたしがいいって言ったの。まさか兄貴が頼りになるなんて思ってなかったから。悪かったわね、三人とも」

滝野リュウはばつが悪そうに謝った。もうスーツから部屋着らしいジャージに着替えて、完全にメイクも落としている。さっきとはうって変わって、農作業にも出られそうなラフな格好だ。こっちはこっちで似合っている。

「いえっ、わたしの考えが足りなかったんです」

焦り気味でフォローしたのは栞子さんだった。

「売られてしまう可能性はありましたし、こういった古書マンガを扱っている店は、このあたりにほとんどありません……蓮杖さんに確かめるべきでした」

「とにかく、店に出す前でよかった。ここんとこ、品出しが追いついてなかったのが幸いしたな。で、結局捜してたのは本当にこれなのか？」

一同の視線がコミックスに集まる。おずおずと真壁菜名子が口を開いた。

「はい、これだと思います……ただ、もう一冊ありませんでしたか？」

俺もそれが気になっていた。テーブルの上にある『ブラック・ジャック』の四巻は二冊だけだ。どちらも状態はよさそうだった。しかし五年前に購入されたという、ぼろぼろの初版が見当たらない。

「あったんだが、値段をつけなかったそうだ。あまりにも状態が悪かったらしい」

「滝野さんが査定したんじゃないんですか？」

と、俺。相手は首を横に振った。

「査定はしたんだが、直接本を見てはいない。その弟さんが来た時はちょうど宅買いの最中で、バイトから電話があったんだ。査定のできる人間が店にいなかったから、最初は預かってもらおうと思ったが、冊数も少なかったんでな。電話で指示を出して買い取ってもらった」

話を聞きながら、栞子さんは二冊の四巻をめくっている。肩越しに覗きこむと、どちらにも「植物人間」は収録されているようだ。奥付はパラフィン紙のかかっていない方が昭和五十年十二月発行の十版、かかっている方が昭和五十一年十二月発行の十六版だった。ちなみに初版は昭和五十年三月発行――ほんの一年半で十五回も増刷されているのだ。当時の人気が実感できた。

本を元に戻してから、彼女は口を開いた。

「値段のつかなかった四巻は、どうなったんですか？」

「客が持ち帰ったそうだ。その後はどうなったか分からないな」

つまり五冊目の行方は分からないということだ。滝野は椅子を引いて立ち上がる。

「バイトしかいないから、そろそろ店に戻る。なんか訊きたいことがあったら、いつでも連絡してくれ」

そう言い残して部屋から出て行った。

「あの子、もう一冊をどうしたんでしょうか」

膝に手を置いたまま、真壁菜名子は『ブラック・ジャック』の四巻を凝視している。彼女の弟の態度からすると、大事に持ち帰ったとはとても思えなかった。どこかに捨ててしまったということもありうる。

「滝野ブックスを出てから、慎也さんがどこかに立ち寄った可能性はありますか？　あるいは誰かと会った可能性は？」

栞子さんが質問すると、依頼人はしばし考えこんだ。

「今、会うような友達はいないはずですし、これといって行く場所も……あ、帰りにも母の実家へ寄ったかもしれません。あの日、祖母が作ってくれたカレーを鍋ごとうちに持って帰っていたので」

「だとしたら、お祖母様がなにかご存じかもしれません。今度、お会いできないでしょうか？　もちろん慎也さんが本を持ち出したことは話しません」

「ありがとうございます……ぜひ、お願いします」

うつむき加減のせいか、真壁菜名子の目元に影が落ちていた。さっきここで話した時よりも疲れて見えた。

「真壁さん、どうしました？」

「いえ、あの……考えてたんです。五年前、どうして病院へ行く途中で、父は本を買ったんだろう、って」

俺もそれが気になっていた。父親は四巻の初版を買うために店に入っていった、と真壁慎也は言っていた。それが本当なら確かに誉められた話ではない。妻の容態が危ないと分かっていて、「植物人間」が収録された版をすでに二冊も持っているのに、わざわざ買いに行く必要などないだろう。

「お父様からは、お聞きになっていないんですよね」

「はい。でも、実はあの日、なにかあったのって父に尋ねたんです。思ったより病院に着くのが遅かったので。父は一言も答えませんでした。母が息を引き取った直後に、そんな気力もなかったんだと思っていたんですが……」

言葉を濁す。彼女の中にも疑問が芽生えているようだった。事実を伏せたということは、後ろめたいなにかがあったのかもしれない——真壁慎也が言ったように。

「母が亡くなってから、父はあまり笑わなくなりました。わたしや弟にも厳しくなって……小学生だった弟は戸惑ったと思いますが、それでも真面目に勉強するようになったんです。もともと大人しい性格ですし、あんなひどいことを言う子ではないんです……」

自分に言い聞かせるように、小さな声で話し続ける。弟の発言に誰よりも傷ついていたのはこの人だったのだ。

「受験に失敗して、中学の友達と疎遠になったせいもあると思います。同じ学習塾に通っていた子が多くて、みんな第一志望の学校に合格しました。それで、うまくいかなかった弟を見下す雰囲気があったみたいなんです」

きちんとテストの点が取れる人間には、取れない人間の気持ちはなかなか分からない。それは真壁慎也自身にも当てはまる話だが。

「わたしは中学高校と同じ学校でしたし、進学しても友達がいました。あの年で急に自分の居場所がなくなるなんて、想像するだけで……正直、あまり弟を責める気にならないんです。そんな状況に置かれて、父に対しても不信感があれば、わたしもああいうことをしてしまうかも……」

「受験に失敗したからって、全員が親の本を持ち出すわけじゃないですよ。行きたい学校に行ってもうまくいかないことはあるし。それとこれとは別です」

俺は反論する。考えてみると、ここにいる三人は同じ女子校に通っている。高校受験を経験しているのは、この中で俺一人だった。

「ま、そうよね」

と、滝野リュウもうなずいた。

「うちの学校でも人間関係がうまくいかなかった人がここにいるし。この人、クラスで全然友達が作れなかったんだから」

滝野リュウはぐいっと親指を栞子さんに向けた。指差された方は決まりが悪そうに目を閉じている。やっぱり友達少なかったんだ、と俺は思った。しかし、真壁菜名子の反応は違っていた。

「えっ、そうなんですか？　先輩はあんなに色々なことに詳しくて、お話もすごく面白いのに……」

「最初はみんなそう思うの。でも、この子本当に読んだ本の話しかしないし、内容も中高生にはマニアックすぎるから。毎日毎日そういう話を聞かされて、真壁さん付き合える自信ある？」

沈黙。自信はないらしい。滝野リュウが意味ありげに俺の顔を窺う。本の話に付き合っている俺を遠回しに冷やかしているのだ。つい黙っていられなくなった。

「だったら、滝野さんはどうなんですか。栞子さんと付き合い長いですよね」

「わたし？　わたしは本の話は七割ぐらいスルーしてるから。本の話が分からなくたって、栞子のいいところを分かってるつもり。わたし、この人大好きだから」

照れることなく笑顔で言い切った。他の女性の顔が赤くなる——昔からこんな性格だったとしたら、女子校ではさぞ人気があったに違いない。

「……今の学校で一人でも友達ができると、変わってくると思います」

栞子さんの言葉には実感がこもっていた。滝野リュウの存在に救われた部分があったのかもしれない。二人が同じ学校にいた時代を見てみたいと思った。

「一人しかいないのも困るけどね。他に付き合ってくれる人がいないからって、この人古本屋ツアーにわたしを引きずり回してたんだから。あんなイベント楽しめる人間、そうそういないって。ねえ？」

真面目くさった顔で俺に話を振った。俺が栞子さんの古本屋ツアーに出かけているのを知っているのだ。滝野兄妹はちょいちょい人をからかう癖がある。正直、やめてほしい。

「……古本屋ツアーと言えば」

栞子さんが話題を変えた。

「リュウちゃん、磯子の浜マーケットのそばに、古書マンガに強いお店ってあったかしら。五年前に閉店したみたいで……」

「磯子か……何度もあんたに連れて行かれたよね」

滝野リュウは腕を組んでしばし静止し、やがて息を吐き出した。

「憶えがないなあ。このへんでうちと扱ってるジャンルがかぶってる店があったら、印象に残ってるはずなのに」

さっき真壁慎也が言っていた古書店の話らしい。そういえば、栞子さんは妙な顔をしていた。

「そうよね……わたし、県内の古書店すべてに行ったことがあるけれど」

当たり前のようにすごいことを口にしたが、今は気にしないことにした。

「まったく心あたりがなくて……ひょっとするとリュウちゃんなら、知っているかもしれないと思ったの」

「古書組合に入ってない、通販専門の店だった可能性は？　ひっそり営業してたら、分からないかもしれない」

「表には看板を出して、店売りもやっていたみたいだから……」

二人は口をつぐんだ。古書店で生まれ育った娘二人が、まったく知らない地元の店なんてあるんだろうか？

「弟が嘘をついたんでしょうか」

真壁菜名子は低い声でつぶやく。いいえ、と栞子さんがきっぱり否定した。

「あの場で嘘をつく必要はなかったはずです。場所の話も具体的でした。本当にその古書店はあったんでしょう」

「でも、だとしたら……」

彼女は言葉を濁し、後にはしばらく沈黙が続いた。

「その古書店にはなにかがあると思います……きっと、お父様が五冊目を買われた理由にも、深い関わりがあるはずです」

栞子さんがつぶやいた。

「そのあたりのことが、もう少しはっきりすれば……」

どうやら五年前に立ち寄った古書店が、すべての鍵になっているようだ。しかし、答えの分かる者は誰もいなかった。

8

次の休日の昼下がり、栞子さんと俺は再び洋光台に来ていた。

依頼人から聞いた住所には古風な瓦屋根の一軒家があった。真壁姉弟の母親の実家だ。ちょうど門の前に停まっていたワゴン車に、高齢の男性が車椅子ごと乗りこんでいるところだった。ボディにはデイサービスセンターの名前が入っている。

おそらく車椅子の男性が真壁菜名子の祖父で、介護施設に出かけるところなのだろう。行った先で読むつもりなのか、パラフィン紙のかかったハードカバーの本をしっかり抱えていた。

走り去っていくワゴン車を見送ったのは、腰の曲がりかけた老女だった。

門の中に入ろうとして、道路の反対側にいる俺たちに気付く。

「こ、こんにちは……相川さん、ですよね」

杖に体を預けるように、栞子さんがお辞儀をする。

「わたし、こ、この近所の古書店の者で、篠川といいます……」

相手は怪訝そうにお辞儀を返した。


事前に真壁菜名子から連絡が行っているとはいえ、警戒されないかと心配していたが、その必要はまったくなかった。俺たちはすぐ家に上げてもらえた。

話を聞くとこの女性も聖桜女学園のＯＧで、栞子さんの遠い先輩にあたる。それが功を奏したらしく、わたしのことは波江さんと呼んで、と打ち解けた笑顔で言った。卒業しても生徒同士は名前で呼び合うのが、聖桜の古くからの伝統らしい。いかにもお嬢様育ちらしく、品のいいおっとりした人だった。

「それじゃ、菜名子とは部活で知り合ったのね」

床の間のある客間らしい和室で、俺たちは座卓越しに向かい合っている。

「は、はい……彼女はまだ中等部で……そ、その頃から、時々、彼女のお宅にも、お邪魔していました……」

俺はたどたどしい嘘話に手に汗握ってはいた。初対面の相手に頑張ってはいるが、口調のせいでうさんくささが増している。

「それで……この前、遊びに行った時……し、慎也くんが、自分の集めている本を売りたがっている様子だったので、是非うちに持ってきてってお願いしたんです。そうしたら、昔のマンガを何冊か持ってきてくれて」

本という単語が出てきた途端に、人が変わったように舌の滑りがよくなった。俺はこっそり安堵（あんど）の息をつく。突然スイッチが入るのもおかしいが、今まではましだ。

「ああ、それで。あの子、承諾書を書いてくれって、ここへ来たわ」

「はい、伺っています。お手間をおかけしました……その時、買い取れなかった本は慎也くんにお返ししたんですが、こちらの手違いで他のマンガ本を入れてしまったようで、今朝（けさ）慌てて電話をしたんです。でも、慎也くんは家を空けていて、連絡も取れなくて……」

今日の嘘の中で一番危うい部分だった。実のところ、真壁慎也は自宅にいる。確認の電話でもされればすべては水の泡だ。しかし、相川波江は同情を示すように、眉を寄せてうなずいているだけだった。

「そのマンガを捜し出して、別のお客様に送らなければなりません。菜名子さんが慎也くんの部屋を捜してくれたんですが、出てこなかったそうです。仕方なく、こちらでお話を伺おうと……ご迷惑をおかけして申し訳ありません」

栞子さんは頭を下げる。俺も隣で同じことをしながら、上目で相手の様子を窺った。

「……あれのことかしら」

と、相川波江はつぶやく。栞子さんは顔を上げた。

「ご存じなんですか？」

「ええ。うちへ寄った時、要らないからってゴミ箱へ捨てていったの」

俺たちは息を呑んだ。それから一週間は経っている。まだこの家に残っているとは思えない——。

「ちょっと待っていてちょうだい」

年齢のわりには身軽に立ち上がり、和室を出て行った。間を置かずに戻ってきて、古いコミックスを座卓に置く。

肩からどっと力が抜けた。チャンピオンコミックス版の『ブラック・ジャック』四巻だった。「手塚治虫マンガ家生活30周年記念作品」と表紙に印刷されている。

「後でゴミ箱から拾っておいたの」

話に聞いていたとおり状態は悪い。厚手の透明なビニールが表紙を覆っているのだが、飴色に変色して縮んでしまっている。本来のカバーまで波打って折れ目がついていた。

「……拝見します」

栞子さんが手に取ってめくり始める。小口は真っ黒で、ページにも破れがあった。よく見るとページののどと呼ばれるあたり、背に近い部分に糸で補強が入っていた。ページが離れないようにするためだろう。一体どれだけ読まれていたのか――ぼろぼろにもほどがある。

最後のページの奥付では昭和五十年三月の初版だ。「鶉書房」という店名の入った値札が貼られている。住所は神奈川県横浜市磯子区久木町。真壁慎也の話したとおりの場所だ。

（え……？）

俺は値段に目を瞠った。なんと六十円だった。以前は別の値段だったらしいが、太いペンで塗りつぶされていた。いくら状態が悪いとはいえ、あまりにも安すぎる。

値札には他にも気になることがあった。広い余白に小さな正の字が鉛筆でぎっしり書きこまれているのだ。しまいにはスペースがなくなったのか、値札の外にもはみ出している。一体なんなんだろう。

栞子さんに尋ねたくて仕方なかったが、相川波江の前では黙っているしかなかった。俺たちは「店にもともとあったマンガ」を捜していることになっている。初めて見たようにあれこれ話をするのはおかしい。

まあ、細かいことは後回しでいい。とにかく五冊目の四巻も無事取り返した。妻の命が危ないという日に、車を停めて買うようなものには見えなかったが。

「ありがとうございます。これに間違いありません。でも、どうしてわざわざ取っておかれたんですか？」

栞子さんが尋ねる。確かにゴミ箱から拾ったと言っていた。

「このマンガの四巻を、娘が大事にしていたから……珍しいものなのよね」

そこまで知っていたのか。相川波江は栞子さんの目の奥をじっと覗きこんだ。

「慎也が、なにかしたんでしょう」

質問ですらなかった。栞子さんの顔色が変わる。どうやらただのおっとりした老婦人ではなかったようだ。

「こんな昔のマンガを持っているなんて、聞いたことがなかったから、少し気になっていたの。きっと、あの子のものではないのね」

この人はほとんど真相に気付いている。栞子さんは静かに四巻を閉じた。

「わたしの口からは詳しく申し上げられません……この本を捜して欲しいと頼まれているだけなんです」

「いいのよ、わたしが自分で尋ねるべきだった。どうしても、孫には甘くなってしまって……娘には厳しくしていたのに」

しわの寄った口元がぴりっと震えた。

「娘さんが大事になさっていた、とおっしゃいましたが、いつごろですか？」

「中学生の頃だった。亮太（りょうた）さんから……その頃は真壁さんと呼んでいたけれど、彼からプレゼントされたの。苦労して手に入れたものを贈ってくれたって、わたしに見せてくれたわ……わたしはマンガを読まないから、価値が分からなかったけれど」

「真壁さん……菜名子さんのお父様も、同じマンガをお持ちです」

「あら、ずっと取っていてくれたのね。娘もお返しに同じマンガを亮太さんに贈ったのよ。横浜中の古本屋さんを回って……子供みたいな年の頃から、二人とも本当に仲がよかった」

ずしりと重い塊を胸に受けた気がした。あの二冊の四巻はそれぞれが揃えたものではなかった。同じ手塚ファン同士が、お互いに贈り合ったものだった。夫婦にとって本当に重要な意味を持っていたのだ。

この四巻の初版本にも深い意味が隠されているのかもしれない。ただ初版が欲しかったから買ったとはとても思えない。

「栞子さん、だったかしら。娘とは……美香とは会ったことがあるの？」

相川波江が尋ねる。栞子さんが孫の先輩だという話は疑っていないらしい。

「いいえ……残念ながら一度も。でも、手塚治虫のマンガがお好きだという話は伺っています。それが縁で真壁さんとも知り合われたんですよね？」

「ええ、そうなのよ」

急に表情が明るくなる。声まで若返ったようだった。

「ファンクラブに入っていたの。お小遣いでマンガばかり買っていて……あの頃はわたしもよく叱っていたけれど、全然耳に入っていなかったわ。亮太さんもそのファンクラブにいて、マンガの入った葉書のやりとりをしていたわ……そうそう、一枚だけこの前出てきたの。持ってくるわね」

止める間もなくいそいそと部屋を出て行ってしまう。再び現れた彼女の手には一枚の古びた葉書があった。

「居間の本に挟んであったから、これは無事だったの」

栞子さんが葉書を受け取る。宛名は相川美香様、差出人は真壁亮太。中高生が書いたにしては几帳面な字だった。消印は昭和五十八年七月二十日。夏休みの直前だ。

裏をひっくり返すと、中央に大きく豚に似たキャラクターが描かれていた。手塚治虫のマンガによく出てきていたと思う。ただ、美術のデッサンを思わせるような、妙に写実的なタッチだった。イラストを囲むように文章が書かれている。

リクエストのリアルなヒョウタンツギを描きました。それと例の「S」が収録された4巻をこの前電話で話した磯子の店で見つけました。ちょっと立ち読みで確かめたら初版でした。来週一緒に行きましょう。

俺は首をひねった。「S」は「植物人間」のことで間違いないだろう。ということは、磯子の店はこの四巻が売られていた鶉書房のことか。だとしたら五年前、真壁姉弟の父親がこの店に寄ったのは、この時立ち読みした初版を買うため——。

（……そんなわけないか）

三十年近く前の話だ。それから二十年以上もの間、同じ四巻がずっと棚に残っているはずがない。第一、初版が売られていたのに、なぜ二人はそれを買わなかったんだろう。彼らが贈り合ったのはどちらも重版だった。

「素敵なお便りです」

栞子さんが微笑んだ。

「他には残っていないんでしょうか？」

相川波江の顔にすっと影が差した。気持ちを整理するように、節の目立つ両手を座卓に重ねる。指の爪はきれいに切り揃えられていた。

「……主人が捨ててしまったのよ。娘が家を出た後で。あの子が大事にしていた手塚治虫のマンガはもちろん、文房具や、こういう葉書まで……マンガの入ったものは一切合切」

「そんな……なんてことを」

栞子さんが嘆いてから、すみません、と謝った。

「別にいいのよ……主人は二人の交際にも反対していたわ。ゆくゆくは自分の決めた男性に嫁がせたかったんでしょう。あの頃は本当に厳しくて頭も固かったから、娘に裏切られたという気持ちが強すぎたのね。だから、うちにはあの子が集めていたものはなにも残っていない。あの子がうちから持っていったもの以外は」

俺は重複していた『ブラック・ジャック』のコミックスを思い返した。あれはコレクションのわずかな残りだったのだ。

「主人ほどではなかったけれど、わたしも頭の固い、古いだけの人間だった。学生時代の交際はともかく、家柄のいい人と結婚して欲しいというのが本心で……夫が娘のものを捨てた時も、強く止めはしなかった」

老女の喉がかすかに動いた。

「あの子が出て行った時、主人に内緒で鏡台と箪笥を買ってあげたの。せめてもの嫁入り道具にと思って……母親の役目を果たしたつもりだった。でも、本当はあの子のことをなにも考えていなかったの。二人が住み始めたのは狭いアパートで、家具を入れるために、あの子は大事にしていたマンガを置いていくしかなかった」

彼女は熱に浮かされたように話し続ける。低い声の奥で、抑えきれない感情が蠢（うごめ）いているのが分かった。

「今でも夜中に目が覚めた時、考えることがあるわ。あの時、どうして本棚を買ってあげなかったのかしらって……馬鹿馬鹿しい悩みでしょう？　でも、そうしていれば、あの子は大事にしていたものをなくさなくて済んだの……」

言葉を詰まらせて、彼女は目元を押さえる。きっと他の家族には話せず、胸に抱えこんでいたことだったのだろう。ささいなきっかけで表に出てしまったのだ。

「……波江さん」

相手が落ち着くのを待ってから、栞子さんが話しかけた。

「鏡台と箪笥は、今も真壁さんのお宅にあります。なくした本とは別の意味で、大事になさっていたんだと思います。別れ際に親からもらったものには、子供にとって特別な意味があるんです」

自分のことを言っていると俺には分かった。失踪した母親が置いていった坂口三千代の『クラクラ日記』を、彼女は一度は手放してしまったが、その後手を尽くして必死に取り戻そうとしていた。

「わたしたちに大事なものを捨てられたことを、娘は怒っていなかった。亮太さんもすべてを水に流してくれた。主人は身も心も弱ってしまって、もう娘夫婦との間になにがあったのか、はっきり憶えていない……でも、わたしはすべて憶えているの」

彼女は居住まいを正して、栞子さんと目を合わせる。もう涙の跡はどこにもなかった。

「どうせ仲直りするなら、諍いなんてしなければよかった。あの子と行き来のなかった三年間は……あの時間は無駄になってしまったの。時間は限られていたのに、誰も気がついていなかった……そのことをずっと、わたしは忘れないでいるつもり」

しばらくの間、俺たちは沈黙に耳を傾けていた。彼女の言葉の意味を噛みしめていたのだ。やがて、栞子さんが静かに頭を下げた。

「お話を聞かせていただき、ありがとうございました……そろそろ、失礼いたします」

本を手に取ると、杖を突いてゆっくり立ち上がる。

「これからどうするんですか？」

廊下に出てから、俺は小声で栞子さんに尋ねる。

「真壁さん……菜名子さんたちにお会いします。ここでのお話で、すべてが分かりました」

9

真壁家に行ったのは夕方近くになってからだった。大学から姉の方が戻ってくるのを待っているうちに時間が経ってしまったのだ。

前回と違って俺たちはリビングに通された。二階から現れた真壁慎也は相変わらず不機嫌そうだったが、一応はソファに腰を下ろした。

栞子さんがガラステーブルの上に、相川家で取り戻した『ブラック・ジャック』の四巻を置くと、ますます顔をしかめて舌打ちをした。

「……捨てたのに」

「お祖母様が拾って下さったんです。こんなことは二度とやめて下さい。この四巻の初版はお父様だけではなく、お母様にとっても大事な一冊ですから」

「どこが？　親父が勝手に買ったきったねえマンガだろ」

「いいえ。三十年前、あなたのご両親がまだ十代の頃、一緒にお読みになった思い出の一冊です。この初版で『植物人間』の内容を確かめた後、お二人は互いに古い版の四巻を贈り合ったんです」

さらに一枚の葉書をバッグから出して、コミックスの隣に並べる。相川家から立ち去る直前、姉弟の祖母から借りてきたものだった。

「当時、お父様がお母様に送られた葉書です。これを見て下さい」

例のリアルヒョウタンツギの描かれた裏面を晒すと、姉弟が同時に身を乗り出してきた。

「父がこんな葉書を……知りませんでした」

真壁菜名子は目を丸くしている。しかし肝心の弟はすぐに興味をなくしたらしい。

どすんとソファの背に肩を預けた。

「これがなんの証拠になるんだよ。この葉書に書いてある四巻って、五年前に親父が買ったこれとは全然別だろ」

「いいえ、まったく同じものです」

ためらうことなく栞子さんは断言した。

「そんなわけねえじゃん。三十年前の話だぞ？　この時はなんかがあって四巻は買えなかったんだろ。だから二人とも別の四巻を買った……それ以外に説明つかねえって。あんたも頭悪いな」

頭が悪い以外は俺も同じ意見だった。三十年前と五年前で、同じ店に同じ本が並んでいることはまずありえない。滅多に売れない高価な稀覯本ならまだ話は違うだろうが、この『ブラック・ジャック』はどう考えてもそういう類のものではない。むしろ真っ先に処分されそうな状態の悪さだ。

「違います。この時は別の理由で買えなかったんです。そもそも、このお店では四巻を売っていたわけではありません」

真壁慎也は唖然としたようだった。栞子さんの話はさらに続く。

「葉書の文章をよく読んで下さい。四巻を見つけた、立ち読みで確認した、一緒に行こうというだけで、そもそもここが古書店だとは一言も書かれていないんです」

「はあ？　この本にも店の名前がちゃんと書いてあるだろ。俺だって磯子の店を見てる。古そうなマンガが置いてあるなんとか書房が古本屋じゃなかったら、なんの店だって言うんだよ」

栞子さんは落ち着き払って、少年に向かって三本の指を立てる。

「簡単な話です。三十年前の本がそのまま置いてある可能性がある、本屋と名がついても本は売られていない。異様なほど状態の悪い本を並べている……」

説明のたびに一本ずつ指を立てていき、最後に結論を口にした。

「貸本屋です」

その場にいた全員が戸惑ったと思う。俺も言葉としては知っているが見たことはない。かなり昔の職業だと思っていた。

「名前のとおり、本をレンタルする店のことです。職業そのものは江戸時代からありましたが、爆発的に数が増えたのは一九五〇年代でした。扱っていたのはマンガや雑誌や娯楽小説などで、当時は貸本専門の出版社もかなり存在していました。

その後は時代の変化に伴って減少していき、現在では個人経営の貸本屋はほとんど残っていません。この鶉書房はよく続いていた方だと思います。つい五年前まで営業していたわけですから」

彼女は『ブラック・ジャック』の四巻を手に取って開いた。

「表紙に厚手のビニールをかけたり、本ののどのあたりに糸の補強を入れるのは、貸本屋では広く行われていました。大勢の人たちが手に取ることを想定していたのでしょう」

「でも、ちゃんと店の値札もついてますよね？　そこに」

つい俺は口を挟んだ。ちょうど奥付のページが開かれている。六十円というスタンプの押された妙な値札が貼りつけてある。

「これは貸し出し料金ですね。閉店する頃には一泊六十円だったということです……価格を消した跡があるのは、時代に合わせて少しずつ値上がりしていったからだと思います」

「値段の下にある正の字はなんですか？　ものすごい数ですけど」

「たぶん、貸し出された回数です。それぞれにどれぐらいの人気があるか、分かるようにしていたんじゃないでしょうか」

客が借りるたびに店の側がチェックしていたということか。この『ブラック・ジャック』の四巻は、それだけ多くの人々に読まれていたのだろう。きっとその中に十代だった真壁夫妻もいたのだ。

「貸本屋は古書店などとの兼業が多かったんですが、ここは純粋な専門店だったようです。営業している頃に行ってみたかった……チェックが甘かったです」

と、悔しそうに下唇を噛む。さすが県内の古書店を制覇しただけのことはある。

「本当にその貸本屋？　とかいうのだったら、なんであの時には売ってたんだよ。おかしいだろ」

真壁慎也が『ブラック・ジャック』を顎で示す。確かにそうだった。

「閉店の際、貸本屋は店内の在庫を安く売ることがあるんです。慎也さんたちはそこへ通りかかったんでしょう。お父様からしてみれば、遠い昔に妻と借りて読んだ、まさに思い出の一冊が売りに出されていたわけです。冷静ではいられなくなっても不思議はありません……もし妻の枕元に持っていけば、最後に意識が戻るかもしれない、そういう一縷(いちる)の望みもあったのではないでしょうか」

確かにそうでなければ、状態の悪いこの本をわざわざ買う必要はない。妻よりも自分の趣味を優先させたわけではなかったのだ。むしろ、妻のための行動だったことになる。

少年はぼんやりとソファに腰かけていた。まだ気持ちの整理がついていないようだった。

「この四巻に収録されている『植物人間』を、読んだことがありますか？」

栞子さんが尋ねる。相手は目を上げただけで答えない。読んでいないらしかった。ここ数日、四巻のゆくえを追っていた俺も、そういえば読む機会がなかった。

「海難事故で意識不明の重体に陥った母親と、その息子の話です。一ヶ月もの間、脳波にも反応が見られず、回復の見込みがないと診断されてしまいます」

少年の顔色が変わった。自分の母親のことを連想したのだろう――ひょっとすると、彼の父親も同じ連想をしたかもしれない。

「しかし、ブラック・ジャックはその診断に異を唱え、息子と母親の脳を電極で繋ぐ特殊な手術を試します。もし母親の脳が少しでも生きていれば、なんらかの反応を示し、その反応が息子の脳に伝わる可能性がある……ブラック・ジャックはそこに望みを託すんです」

「脳死の人間は目なんか覚まさない」

彼は弱々しいつぶやきを洩らす。

「……ただの作り話じゃないか」

「ええ。これは作り話です」

　栞子さんはあっさり認める。かえって相手は驚いた様子だった。

「脳の活動が完全に停止すれば、人間が蘇ることはありません。あなたの言うとおり、確かにフィクションです……でも、この話の結末を知りたくないですか？」

　真壁慎也の視線が空中をさまよい、やがて栞子さんの手にしている『ブラック・ジャック』に注がれる。そのまま貼りついたように動かなくなった。

「作り話だからこそ、託せる思いもあるんです。もしこの世界にあるものが現実だけだったら、物語というものが存在しなかったら、わたしたちの人生はあまりにも貧しすぎる……現実を実り多いものにするために、わたしたちは物語を読むんです。きっとあなたのお父様もそうなさっています」

　彼女は『ブラック・ジャック』を差し出した。しばらく迷ってから、真壁慎也はそれを受け取った。

「お父様が戻られたら、ぜひ話をして下さい。お母様のことや、ご自分のことや……そのマンガのことも」

「……親父は聞かないよ、そういうの」

「あなた次第だと思います。あなたは自分の思っていることを、きちんと伝わるまで話そうとしたことがありますか？」

四巻をいじくっていた手が止まった。

「お父様が厳しい方だとしても、意思を伝え合うことの大切さをお分かりだと思います……そのマンガに描かれている物語を大切にされている方ですから。きちんと話し合えば、きっとうまく行きます」

ほんのかすかにだったが、少年はうなずいた。

真壁家から出た時には、日が暮れかかっていた。杖を突いた栞子さんに合わせて、ゆっくり洋光台の駅へ向かう。

歩き始めてすぐに、スーツケースを引きずった背の高い中年の男性とすれ違った。額はかなり後退しているが、神経質そうな顔つきは真壁慎也によく似ていた。

足を止めずに振り返ると、さっき俺たちが出てきた門を開けるところだった。今日が帰国する日だったのだ。

「……あのお父さんと、結局一度も話してないんですよね」

それなのに読んでいるマンガの趣味や、妻との馴れ初めや、ちょっとしたイラストを描く才能まで、さまざまなことを知っている。不思議な気分だった。

すべて本を通じて——その本の謎を解いた栞子さんを通じて知ったことだ。

「うまく行くと思いますか、あの親子」

「きっと、大丈夫です」

彼女の声は明るかった。俺も実はそう思っている。息子の学校のことも、家族皆で答えを考えるだろう。

「やっぱりすごいっすね、栞子さんは」

「……なにがですか？」

「ちゃんと『ブラック・ジャック』の古い版を三冊全部見つけて、どうして全部で五冊あるのかも突き止めて……俺じゃ絶対無理です。こっちを本職にしても、やっていけるんじゃないですか」

ちょっとした冗談のつもりだったが、返事はなかった。急に強い風が吹き、長い黒髪が生き物のようにうねる。フレームに絡まった髪をほどくために、彼女は立ち止まって眼鏡を外した。

焦点の合っていない大きな瞳が、じっと俺を見つめている。

「どうしたんですか？」

「……大輔さんと一緒じゃなかったら、こういうことはやりません」

「え？」

「もし一人だったら、受けません」

怒ったような早口で言い、そそくさと眼鏡をかけた。目の縁がほんのり赤くなっている。再び歩き出してから、この前の質問の答えだと気付いた——俺がいなくても、こういう依頼を受けるのかどうか。どうして今ここで答えるのか。いつも本当にタイミングがつかめない。

ただ、はっきり分かったことも一つある。

この人は話をごまかしたりしない。時間がかかっても、訊かれたことにはきちんと答える人だ。だから、俺の告白にもきちんと返事をするだろう。

もう五月も半ばを過ぎている。期限まであと二週間だ。

断章Ⅱ　小沼丹『黒いハンカチ』（創元推理文庫）

仕事の帰りに横浜駅で降りたわたしは、西口を出てすぐのところにある、チェーン店のカフェに入った。タンブラーを持ちこむと割引してくれるので、大して安くもないのに最近はここばかり使っている。入り口から見えやすいテーブル席を確保して、スマホで時間を確かめる。待ち合わせの時刻までかなり間があった。仕方なくバッグから文庫本を出してテーブルに置く。

通路を挟んだ先のテーブルに、わたしと年が同じぐらい（少し若いかもしれない）、髪も同じぐらいショートの女が座っている。似たようなビジネススーツを着て、自分のタンブラーでコーヒーを飲んでいた。文庫本がテーブルにないことを除けば、鏡で映したみたいによく似ている。わたしと同じ営業職だと思う。仕事上がりに一休みしているらしい。

かなり疲れた顔してるけど大丈夫かな、と思ってちらちら眺めていると、ドーナツとコーヒーの載ったトレイを持った背の高い男が現れて、親近感が一気に消し飛んだ。カップルの片割れが席取りしていただけだった。女は紙ナプキンを差し出されて、きらきらした目でありがとうと言っている。そんなに喜ぶようなことか。変な色のただの紙だぞ？

やさぐれた笑いを文庫本で隠して、わたしは文章を追い始めた。似合わないロイド眼鏡（ってなんだろう）をかけた若い女の教師が、周りで起こった小さな事件を次々と解決する小説だ。面白いとは思うんだけど、主人公の女がなに考えてるかわたしにはいまいち分からない。知り合いから貰った本だった。

「リュウちゃん……小沼丹（おぬまたん）の『黒いハンカチ』！」

頭の上から声が振ってきた。目だけ上げると、右腕に杖を装着した髪の長い女が立っている。白いブラウスとチェック柄のティアードスカートの上にグリーンのスプリングコート。藍染めが小汚く色あせた帆布のトートバッグ以外は、比較的まともな格好だった。一応メイクもしている。きちんとしているとやっぱり美人だ。

「普通『こんばんは』でしょ。なんで作者とタイトル叫ぶの」

「わたしも好きな本だから、リュウちゃん熱心に読んでるし……あ、こんばんは」

「こんばんは、栞子」

わたしは『黒いハンカチ』を閉じた。

「あんたも早かったね」

「早く着いたから、本屋さんで文庫本を買って、ここで読むつもりだったの」

わたしと似たようなものだ。ただ、持っている本の量が全然違う。トートバッグはカラフルな書店カバーのついた文庫本でぱんぱんに膨れあがっていた。ダイヤモンド地下街の本屋に行ったんだと思う。

今日、飲みに行こうと言い出したのは栞子だった。長い付き合いだから、大事な話があるのは分かっていた。わたしの方も話がある。

「リュウちゃん、わたしの母と連絡取ってるでしょう」

大事な話をいきなり始めるのは昔からの癖だった。

「やっぱりその話だと思った」

わたしは苦笑した。

「なんで分かったの」

「急に北鎌倉の店に来て、あんな依頼をしていったから。今まで大輔さんがいる時は顔を出さなかったのに」

「それは……付き合う付き合わないでもじもじしてるの、見たくなかったし」

わたしは去年のクリスマス前、五年付き合った恋人と別れている。原因は思い出したくもない。

年末年始に二人で大酒を飲んだ時、栞子のアルバイトへの呼び方が「五浦さん」から「大輔さん」に変わっていることに気付いて、ほのかに漂う恋の香りにげんなりした。親友の幸せを呪うほどクズではないつもりだったけど、わざわざ見物しに行く元気もなかった。

「震災のちょっと後に、智恵子おばさんがわたしに会いに来たのよ。栞子たちや今のビブリアが気になるから、様子を見に行って欲しいって。店にはしばらく行っていないし口実がないと、って誤魔化してたら、本の相談を持ちこめばいいってアドバイスされたわけ……あんたたちはそういう相談事を最近よく受けてるからって」

栞子には言ってないけれど、智恵子おばさんと会うのはだいたいこのカフェでだった。まったく同じテーブルで話したこともあったかもしれない。最近の栞子は本の中身だけではなくて、本そのものの物語や持ち主の隠された秘密にも興味を持っているの、と嬉しそうに言っていた。

「ただ、あのバイトの子が一緒にいないと、なかなか動こうとしないのよ」

その時にも違和感はあった。例えば「あのバイトの子」について話す時、智恵子おばさんの目が笑っていないこととか。とにかく、わたしは後輩の真壁さんの相談をビブリアへ持っていった。

「あんたのところへ相談を持っていった日から、しょっちゅうメールで状況を訊いてくるようになったの。それで誘導されてたことに気が付いたわけ。娘や店のことが心配なんじゃなくて、あんたに謎解きをさせたがってる……あんたの頭の出来を試したがってるんだなって」

栞子は黙って聞いている。全部想像がついていたみたいだった。そういう時の佇まいは母親にそっくりだ。

昔からわたしは智恵子おばさんが苦手だった。本音を隠して口では別のことを言う、そういう気配を子供心に感じていたからだと思う。

「嫌になったから連絡はもう取ってない。今日、わたしも全部栞子に話すつもりだった。悪かったわね、こそこそ変なことして」

「別にそれはいいの……リュウちゃんはなにもしていないでしょう」

栞子は首を振って、どことなく乾いた声で言った。天井からの照明で眼鏡のレンズが変な風に光っていた。

「ただ、母に連絡を取ってもらえないかしら。わたしが会いたがってるって」

「……なんで」

思わず声が尖(とが)った。母親と会いたいなんて、この十年間一度も言ったことがない。母親のことを話すのも避けていたのに。

「うまく言えないけれど、大輔さんに返事をする前に、知りたいことがあるの。それには母に会わないと……」

「今さら親からなにを教えてもらうの。っていうかあんた本当にまだ返事してないわけ。ずっとそれも気になってたんだけど」

わたしは両手でテーブルをつかんで身を乗り出した。コーヒーを飲んでいた栞子が、そろそろとマグカップを置く。

「あんた五浦くんのこと好きなのよね。いくらなんでももう自覚あるでしょ」

去年の冬あたりから、この子の口から出るのは、ずっと一緒に働いているアルバイトのことばかりになった。妹の文香ちゃんに聞いた話では、うちで働きませんかと言い出したのは栞子で、一度彼がやめた時にもわざわざ会いに行ったらしい。

どう思っているのか今まで何度尋ねても、困り顔で首をかしげるだけだった。二人でデート(デートしますとはっきり言った)まで行ったから、さすがに観念したと思っていたけれど、そういえば本人の口から聞いていない。

栞子は頬を真っ赤に染めて、手元のマグカップに目を移す。うなずいたのかうつむいたのか微妙なポーズだった。

「知らないと返事ができないこともあるの……どう返事するか決まっていても」

「なにそれ。どういうこと？」

ぴたっと栞子は動かなくなった。長年の付き合いで分かる。答えを避けているのではなくて、本当に言葉にできないだけだ。言葉にできないと思ったらこの子は絶対に口にしない。

わたしは頬杖をついて、しみじみと目の前の友達を眺める。頭がいいのに間が抜けていて、内気で頑固で不器用だ。たまに隠しごともする。でも、悩んでいる時はいつも真面目だった。ごまかして適当に喋ったりしない。

仕方がないとため息をついた。教えるしかないか。

「……あんたが連絡を取りたがってること、智恵子おばさんは気がついてる」

最後にここで会った時、わたしにそう言っていた。わたしを利用したことを一言も謝らず、かわりみたいに『黒いハンカチ』をくれた。いかにも意味ありげでそれも不愉快だったけど、意外に面白かったので捨てられなかった。

「でも、簡単には会いたくないみたい。もし会いたければ本についての問題を用意するから、それを解いてみなさい、だって」

その話を聞いた時は心底呆れた。娘と会うのにそんなハードルを設ける母親がどこにいる。栞子だって承知するはずがない。それより前に会いたがっているという話も疑ってかかっていた。

結局、思い違いだったみたいだ。今、栞子は興奮で目を輝かせている。気分が昂るたかぶと、この子の瞳はほんの少し青みがかって見える。

「母にメールしておいて。どんな問題でも解くって」

少し気味が悪くなっていた。この話をした時の智恵子おばさんも、同じような目つきをしていた。周りのものがまったく視界に入っていないような、昔からどうしても好きになれないあの目つき。

わたしは真壁さんの依頼をビブリアへ持ちこんだことを後悔していた。

本についての誰かの悩みを、五浦くんと遊び気分で解決しているうちはいい。でも、本というのは持ち主の頭の延長みたいなものだ。他人の頭の中身を知りすぎると、そのうちおかしくなっていく気がする。

突然家族も仕事も捨てて、どこかへ行ってしまった人のように。

「おばさんにメールはしておく」

と、わたしは言った。この子の頼みだと断れない。そういうわたしの弱点も、あの人に見透かされているようで腹立たしかった。

「でも、わたしはあまり会わない方がいいと思ってる……くれぐれも気を付けて」

栞子は黙ってうなずいた。

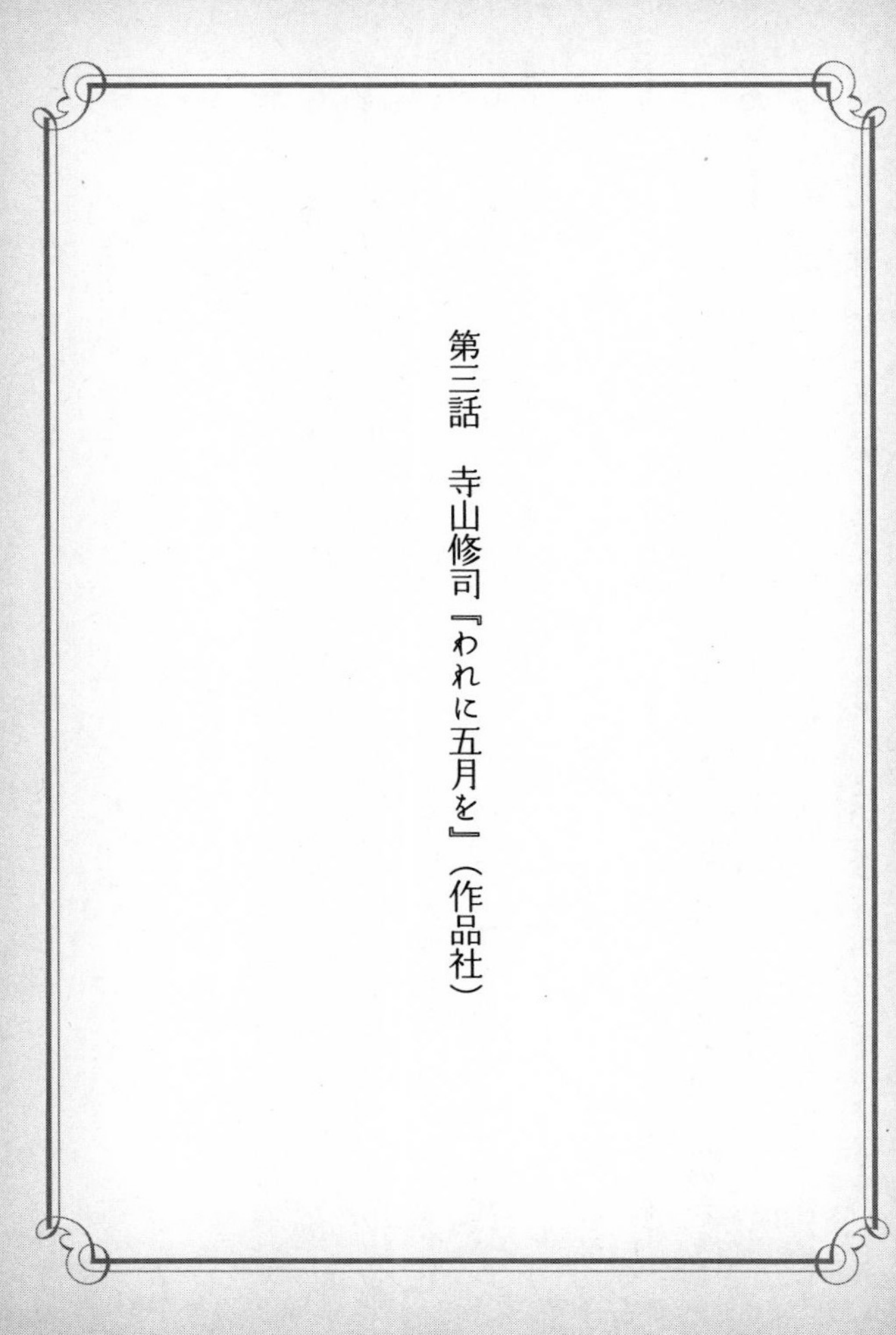

第三話　寺山修司『われに五月を』（作品社）

1

簡単に解決しないトラブルに限って、閉店直前に起こる気がする。

俺は『江戸川乱歩全集』と印刷された月報の束を、宛名を書き終えた封筒に入れてきちんと封をした。後は帰りがけにコンビニで発送するだけだ。

時計を見るともうすぐ夜の八時だった。もちろんビブリア古書堂はとっくに閉店している。二時間ほど前、ネット通販で『江戸川乱歩全集』を買ったという客からクレームの電話がかかってきた。少し耳の遠い年配の男性で、話を理解するのに手間取ったが、全集に入っているはずの月報が見当たらないということだった。

店主の栞子さんがホームページの目録に載せた時、月報は間違いなくあったという。要するに俺が入れ忘れて、どこかに置きっ放しにしてしまったのだ。店と倉庫を引っかき回してどうにか見つけ出し、先方に電話で謝罪して発送の準備を終えたのが今だった。

急な残業になってしまったが、悪いことばかりではなかった。夕飯を食べていってと栞子さんの妹の篠川文香が声をかけてくれた。この家で食事をご馳走(ちそう)になるのも久しぶりだ。

今、店には俺しかいない。さっき栞子さんはかかってきた電話を取って、子機を持ったまま母屋に入っていった。ドアのすぐ向こうにいるのか、かすかに話し声が聞こえてくる。

プライベートな電話だったようだが、ずいぶん長くかかっている——と、不意に声がやんで、杖を突いた栞子さんが戻ってきた。

今日着ているのは淡い色のデニムのシャツと足首までのロングスカートだ。いつものように黒いフレームの地味な眼鏡をかけている。この前訊いたら中学生の頃から同じ眼鏡らしい。

「月報、今夜中に出せそうですか?」

「帰りに発送します。すいませんでした」

「いいえ。お疲れさま」

彼女は柔らかく微笑んで、子機を充電器に戻す。動きをなんとなく目で追ってしまう。もうこれといってすることもない。俺はガラス戸の鍵が閉まっているか確かめて、カウンターの中を軽く整理する。後は明かりを消すだけだった。

栞子さんは埃取り(ほこりと)の小さなモップで近くの棚を落ち着きなく撫でていたが、やがて意を決したように振り返った。

「あの、大輔さん」

「はい」

「今の電話ですけど……検察の方からでした」

「検察……？」

彼女はうなずいた。

「田中敏雄の弁護士が保釈申請を出したそうです……それを認めるかどうか審議していて、被害者のわたしの状況も、判断材料の一つになるみたいで」

無意識のうちに握りしめていた拳をゆっくりほどいた。被害者でもない俺が緊張してどうする。

「あいつが外に出るってことですか」

「裁判が終わるまでですけれど……もちろんわたしへの接触は禁じられるでしょうし、本人もその意思はないと言っているようです。ただ祖父の命日が近いので、服役する前に墓参りをしたいと……」

あの男が祖父を敬う気持ちは分からないでもなかった。両親は家を空けがちで、祖父に育てられたと本人の口から聞いたことがある。確か一家の墓は長谷(はせ)にあったはずだ。

「栞子さん、なんて答えたんですか」

「この店に近づかない限りは、特にわたしから申し上げることはないと」

この人がいいと思うなら俺から言うこともなかった。

「……どうして俺に話すんですか？　こんなこと」

田中敏雄の裁判について、今までほとんど話さなかったのに。栞子さんは軽く唇を尖らせて、モップを本と本の隙間にぐいぐい押しこんだ。不満げというより、すねているみたいだった。

「だってこの前、大輔さんが言ったじゃないですか……自分のことを隠しすぎって。聞きたくないなら、話しませんけど」

そういうことか。体から力が抜けた。

「いえ、聞きたいです。ありがとうございます」

素直に礼を言うと、彼女は顔を背けて掃除を続ける。気のせいか口元がほころんでいたように見えた。

言ってくれたのは嬉しかった——ただ、今知りたいのはこのことではない。

何日か前に滝野リュウが俺に電話をかけてきた。別に口止めされなかったから、と前置きして、栞子さんが篠川智恵子と会おうとしていると教えてくれた。俺に返事をする前に話したいことがあるらしい。母親の方は娘と会うのに条件をつけた。自分の出す「問題」を解かせようとしているという。

『栞子を試すつもりだと思う……理由はよく分からないけど』

理由なら一応の察しはつく。先月、『押絵と旅する男』の謎を解いた時、栞子さんは真相にあと一歩届かず、すべてを確かめに行こうという母親からの誘いも拒絶した。あの時、篠川智恵子は娘に失望しかけたんじゃないだろうか。だから改めて娘の実力を知ろうとしている——自分のパートナーにふさわしいかどうかを。

ひょっとすると乱歩の一件の後、ここに持ちこまれた依頼すべてに、あの女性が関わっていたのかもしれない。栞子さんが謎を解くよう仕向けていたとしても、俺は驚かない。

『当事者の君に知らせた方がいいと思って。どうするかは任せるわ』

任されたところで、直接栞子さんと話すぐらいしかできることはない。しかし、それは以前にやっている。

滝野リュウは二人を会わせたがっていない。俺もなにが起こるのか不安だったが、それも含めて栞子さんを信用することに決めていた。なんにせよ、母親と会わない限り、告白の返事をしてくれそうになかった。

「あのねー」

急にドアが開いて、母屋からポニーテールの少女が顔を出した。どういう体勢なのか、見えているのは本当に首から上だけだ。

「仕事、まだ終わらない?」

「今終わったところ。待たせてごめんね……ご飯食べましょう」

栞子さんが妹に言った。

「ううん、ご飯はいいんだけど、お客さんがさっきから待ってるから」

篠川文香が声を低くする。

「お姉ちゃんと晩ご飯食べながら話す約束だったんだって? 先に言ってくれないと困るよ。今日はおかず多めに作ったからよかったけどさあ」

「お客さんってどういう……?」

と、俺は尋ねた。そんな話は初耳だった。しかし、戸惑っているのは栞子さんも同じだった。

「わたし、どなたとも約束してません……文ちゃん、なにかの間違いじゃゃ……」

「えっ? 間違いなわけないじゃん。今、あっちでもりもりご飯食べてるよ?」

少女がちらっと母屋の奥を振り返った。

「なんかね、この店によく来てた人で、お父さんやお母さんとも仲がよかったんだって。お母さんに紹介されて、本のことで相談しに来たって言ってたよ」

本のことで相談、という言葉に耳が反応する。篠川智恵子の出すという「問題」という奴かもしれない。いきなり依頼人を寄こすとは予想外だった。

「とにかく、お会いします」

栞子さんが力強く宣言すると、事情を知らない妹が首をかしげた。

「うん……よろしく。あと、ご飯も食べようよ……」

「すいませーん。ご飯のお代わり、いただいていいかなー」

廊下の奥から男の声が響き渡った。間延びしているがやけによく通る声だ。

「ちょっと待って下さい！　あたしやるんで！」

引っこもうとする首に向かって、文ちゃん、と栞子さんが呼びかけた。今の声に聞き覚えがあるらしい。どういうわけか頬を引きつらせている。

「まさかと思うけど、お客様って……門野(かどの)澄夫(すみお)という人？」

「なんだ、お姉ちゃんも知ってたんだ」

栞子さんは今まで見たこともないような苦りきった表情を浮かべていた。ファミレスで半分食べたパスタの皿から巨大な羽アリが這い出てきた時も、宅買いの帰りに廃墟めいた公衆トイレに入らざるを得なくなった時も、こんな顔はしなかったと思う。

俺はおそるおそる口を開く。

「誰なんですか？」

「誰って……」

栞子さんはうなだれて、ため息混じりに答えた。

「一昨年、わたしが店への出入りを禁じた人です」

2

俺たちが居間に入ると、Tシャツとジーンズの男が床の間を背にしてあぐらをかいていた。外で体を動かす職業らしく、筋肉のついた体はよく日焼けしている。ぐりっとした目玉の童顔だったが、生え際の下がり具合では三十代の後半にはなっているだろう。

男は栞子さんと目が合うとすぐに箸と茶碗を置いた。座布団から降りて畳に手をつき、深々と頭を下げる。

「……栞子くん、ご無沙汰してます。お元気そうでなによりです」

挨拶は丁寧だったが、返事を待たずにさっさと食事を再開するあたり、まともな神経の持ち主ではなさそうだった。

栞子さんが座って杖を置いたので、彼女の妹も俺も黙って座卓を囲んだ。今日の夕食は鰹（かつお）のたたきとかぼちゃサラダ、ほうれん草のごま和えと豚汁だ。相変わらず女子高生が作ったとは思えない渋いメニューだった。

「どうしてあなたがここにいるんですか、門野澄夫さん」

栞子さんが冷ややかに尋ねる。あまりに怒っているせいなのか、普段の引っ込み思案がどこかへ消えていた。

「うちの店に二度と来ないように、と言ったはずですが」

門野澄夫はまったく動じた様子も見せず、鰹を三枚ほどぞろりと箸で取った。

「……店には入れなかったから、母屋に回ったんだよ」

「屁理屈（へりくつ）ですね」

隠すことなく眉をひそめている。ここまではっきりと人を嫌うのは珍しい。よほどのことがあったんじゃないだろうか。

「……このたたきも美味いけど、かぼちゃサラダも絶品だねえ……ひょっとして松の実も入ってるの？」

男はのんびりと妹の方に話しかける。険悪な空気に耐えられなくなったのか、篠川文香はそそくさと立ち上がった。

「あ、いけね。あたしお茶淹れなきゃ」

隣の台所へ入って後ろ手に襖を閉める。たぶん立ち聞きしているだろうが、これで話しやすくなった。

「母からの紹介でここへ来たというのは本当ですか」

と、栞子さん。この男を叩き出さないのはそのせいだろう。

「そうそう……ちょっと困ったことになってさあ。たまたま智恵子姉さんと会ったんで相談したら、栞子くんならどうにかしてくれるって」

「え、智恵子姉さんって……」

まさか血が繋がっているのか？　それにしてはまったく似ていないが。

「別に姉弟ではないです。この人と親戚なんて冗談じゃありません」

栞子さんが吐き捨てるように言った。門野澄夫は真面目くさった顔でうなずく。

「まあ、幼馴染みかなあ。俺の実家のすぐ近所に三浦(みうら)さんの家があってね……家族ぐるみの付き合いだったんだよ」

「三浦は母の旧姓です」

不機嫌そうに補足してくれる。結婚前は三浦智恵子だったわけか。初めて知った。

「俺が物心ついた時にはね、もう大人だったけど、それはもうきれいな人だったよ。俺やうちの兄貴たちも含めて、あのへんに住んでる男どもは、みんな憧れてたんじゃないかなあ。結婚決まった時はへこんでたもんだよ……あれからもう三十年か」

指折り数えて年代を口にする。

「俺は後から登さんに会って納得したけどねえ。智恵子姉さんにふさわしい人だなあって。ああ、登さんってのはここの先代ね」

戸惑っている俺に門野澄夫が説明する。どうやら本当に篠川夫妻と親しかったようだ。だとしたら、どうして出入り禁止になったんだろう。

「うちは三人兄弟で、俺には兄貴が二人いるんだけど、上の兄貴が俺と同じく本が大好きでね……ここの常連だったんだよ。智恵子姉さんや登さんとも仲がよかった……先々月、死んだけどね」

「存じ上げてます。お通夜に伺いましたので」

栞子さんが硬い声で言う。

「俺は劇団の借金とか色々あったし、もともと上の兄貴にはかなり迷惑かけてたんだよね。だから兄貴の財産は放棄することになってたんだけど……」

「そうでしょうね。だからどうしたんですか」

男は豚汁の残りを飲み干している。腹一杯になったらしく、げっぷをしながら両手を合わせた。

「それでさ、栞子くん、憶えてるかなあ。兄貴は寺山修司の大ファンで、初版本をどっさり持ってただろ。いや、俺も大好きだけどさ」

寺山修司。読んだことはないが、名前は知っていた。新刊書店に何冊も文庫が並んでいる。

「……憶えてるに決まってるでしょう」

栞子さんの目がさらに険しくなった。

「そりゃよかった……寺山の初版本のことで、相談があって来たんだよ。ほら、君も状態がいいって誉めてくれた、『われに五月を』。おっ、ちょうどまさに今が五月だ」

「あの、いい加減に」

「ごめん、トイレに行ってくる。あ、いや、場所は分かってるから、ご心配なく」

誰も心配していなかったが、大げさに断って出て行った。出端をくじかれた栞子さんは、いかにも不愉快そうに唇を固く結んでいる。

俺はただの険悪さとは別のものを感じ取っていた。栞子さんの態度は「天敵」の母親と接する時とも少し違う。トラブルがあって出入り禁止にしただけなら、ここまで感情的にはならないと思う。二人の会話には親密さの名残(なごり)がある。門野澄夫を深く信用していた反動で、今も腹を立て続けているんじゃないだろうか。

(まさか……いや、違うか)

一瞬頭に浮かんだ想像を打ち消した。突拍子もないことをする人だが、あの男と付き合っていたとは思えない。たぶん、もっと別の関係だ。

「寺山修司って、どういう人でしたっけ」

俺は無難な話題を切り出す。正直、それも気になっていた。栞子さんの表情がやっとやわらいだ。本のことを尋ねたのは正解だった。

「そうですね。一言ではちょっと説明が……歌人としてデビューした後、詩人やシナリオライターとしても活躍するようになります。演劇実験室『天井桟敷(てんじょうさじき)』の主宰や、映画監督としても有名ですね。海外でも高く評価されています」

「本業はなんだったんですか?」

「さまざまな活動をしてましたし、本業というものにこだわりはなかったと思います。職業は寺山修司だ、と言っていたそうですから。エッセイストとしての活動もよく知られています。特に『家出のすすめ』や『書を捨てよ、町へ出よう』などは今でも新刊書店で手に入りますし」

「『家出のすすめ』、見たことあります」

と、俺。書名が書名なので印象に残っていた。

「どういう内容なんですか？」

「少年少女向けに連載されたエッセイですが……今読んでもかなり挑発的な内容だと思います。肉親との関係をいったん外部から眺め、自立するために家出をすべきだと説いているんです」

　書名通りの内容だったらしい。中高生の頃、俺も親とケンカした時に家を出ようと真剣に考えたことがある。本が読めていたら手に取っていたかもしれない。

「本当に家出する奴とかいそうですね」

「ええ。寺山のもとには家出人がしばしば訪ねてきたそうです。四十年以上、若者に影響を与え続けてきた本だと思います。もっとも影響にかこつけて、ただ無責任なことをする人もいたでしょうが……」

　渋い顔で廊下を振り返る。門野澄夫が気になっているようだ。まだトイレから帰ってくる気配はなかった。

「無理に話さなくてもいいんですけど、あの人なにやったんですか」

沈黙が流れた。栞子さんは視線を落として、両手で眼鏡の位置を直す。フレームがかちりとかすかな音を立てた。

「父が亡くなってから、わたしはほとんど一人で店をやっていました。アルバイトの人を雇っても、すぐにいなくなってしまって……わたし、今よりもっと接客が苦手だったので、お客さんもかなり減っていたんです」

淡々と話し始める。バイトに逃げられたという話は聞いたことがあった。本についての語りが長すぎて耐えられなくなったらしい。バイトがいなければこの人がすべて接客するしかない。

「ちょうど実家に戻っていたあの人が、うちに顔を出し始めました。仕事もなくお兄さんに厄介になっていたんですが、わたしには病気で療養中だと言っていました……仕入れがなくて困っていると言うと、うちで扱いたいジャンルの古書を、毎日のように持ってきてくれるようになりました。寺山の初版本もその一部です。どれも状態がよかったので、とても助かりました。もちろん感謝していたんですが……」

いったん言葉を切って、もう一度廊下の様子を窺う。まだ門野澄夫はトイレに行ったままだ。わざと席を外しているような気がしてきた。

「しばらくして、あの人のお兄さんが来店されました。あの人が言ったとおり、うちの常連さんだったんですが、もうかなりお体を悪くなさっていて、お会いするのは久しぶりだったんです。ちょうどガラスケースに並んでいた寺山の初版本をお見せしたら、ずいぶん驚かれた様子で……『これは全部ぼくの本です』って」

台所から笛のような音が響いてきて、すぐに止んだ。篠川文香がやかんで湯を沸かしているらしい。

「あの人が盗んだんですか？」

俺の声が自然と低くなる。栞子さんはうなずいた。

「それも、お兄さんの古書だけではなかったんです……それまで売りに来た本の多くが、よそのお店で万引きした商品でした」

背中に嫌な汗が噴き出してくる。うちで盗品を売ってしまったわけだ。以前『最後（さいご）の世界大戦（せかいたいせん）』をめぐる一件で、古書店が盗品を売り買いした場合の法的な責任について聞いたことがある。盗品だと知らなければ「善意の第三者」という扱いで、一応は罪に問われないらしい。

しかし、だからといってなにごともなく済むはずがない。

「どうなったんですか、それ」

「警察沙汰になりましたが、ご家族の尽力で不起訴処分ということに……わたしは店に残っていた盗品の古書すべてを、もとのお店にお返ししました。お兄さんが被害に遭われたお店を回って謝罪金を渡されたそうです。わたしは受け取りませんでしたが」

俺は頭の中で整理する。万引きの被害に遭ったよその古書店は商品を返却され、それができないものについては謝罪金を受け取ったということだ。ビブリア古書堂は買い取った盗品をそのまま持ち主に返してしまった。ということは――。

「それって、うちはかなり損してるんじゃないですか？」

「いいえ、すでに売れてしまった盗品の売り上げがありましたから……売り上げから仕入れ値を引くと赤字でしたが、万引きされたお店に比べれば被害は微々たるものでしたし……盗品だと見抜けなかったわたしにも、責任があると思ったんです。

とにかく、わたしはあの人を出入り禁止にしました。ご家族もあの人と絶縁に近い状態になったそうです」

栞子さんの態度が腑に落ちた。信頼していた相手に裏切られた分、怒りも大きかったのだろう。トイレの水を流す音がして、足音高く門野澄夫が戻ってきた。

「ふー。ごめんごめん」

上座に戻って再びあぐらをかく。俺は得体の知れない生き物を眺めている気分だった。自分よりずっと年下の女性にとんでもない迷惑をかけて、どうして平然としていられるんだろう。

「……お茶、まだかなあ」

独り言にしては大きな声だった。ふつふつと怒りがこみ上げてくる。わざと挑発しているのか、極端に厚かましいのか、とにかく不愉快な人間だ。

「それで、用件は」

栞子さんが話を再開する。男は天井を見上げて、思い出したように手を叩いた。

「ああ、そうだ。『われに五月を』の初版本の話だった。実はね、上の兄貴から電話がかかってきたんだよ。死ぬ一週間ぐらい前だったかな……お前に『われに五月を』の初版本を譲りたい、ってさ。俺がここに持ってきたやつ」

「は？」

俺たちは同時に声を上げた。家族からも絶縁に近い状態と聞いているが。

「……嘘もいい加減にして下さい」

栞子さんがばっさり切り捨てる。

「どうしてお兄さんがあなたに本を譲られるんですか。よりによって『われに五月を』の初版本を。絶対にありえません」

こえたことはない。

男はへらへら笑いながら言い返す。「本当」という言葉がこんなにうさんくさく聞こえたことはない。

「どうしてなのか理由は知らないよ。兄貴の奴、今度会った時に詳しく話すって言って、会う前に死んじまったもんだから。それで、四十九日の時に持って帰ろうとしたら、その場にいた全員に止められてさ。事情を話しても誰も信じちゃくれないし」

信じる方がどうかしている。呆れかえっている俺たちに向かって、門野澄夫はさらに話を続けた。

「実はもう買い手も決まってて、本を渡すだけになっててさあ。今になって手に入らないんじゃ困るんだよ。もう金だって受け取ってるし、なんとかしてもらえないかな」

最悪だ、と俺は思った。手に入れる前から売り飛ばすつもりでいるのか。それも兄の形見を。どこを取ってもなに一つ信用できない。珍しい初版本をかすめ取ろうと嘘をついている以外に考えようがなかった。

「……いつまでに手に入れなければならないんですか？」

しかし、栞子さんは話をやめようとはしなかった。

「まあ、遅くとも来週中までに……あれ、どうにかしてくれるんだ」

俺だけではなく、言い出した本人まで目を瞠っている。

「とりあえず……事実関係を調べます」

その顔には不本意の三文字がべったり貼りついていた。もちろん好きでどうにかしたいわけではないだろう。母親と会うという目的がある以上、母親が手配した「依頼」をそうそう断るわけにはいかないのだ。

「あの、大丈夫なんですか？」

依頼人の目の前だったが、栞子さんの耳元に囁いた。事実関係を調べたところで、結果なんて分かりきっていると思う。

俺は篠川智恵子の意図を計りかねていた。なんのためにこんな無理な「問題」を出すのか――ひょっとすると、娘を困らせたいだけなんじゃないのか？

「まあ、調べないことには……」

彼女は力なく答えた。あまり自信はないようだった。

3

休日の午後、俺と栞子さんは大船駅で持ち合わせた。今回の件について門野澄夫の家族と話し合うことになったからだ。話をしたいと栞子さんが申し出たところ、いつでもいいと応じてくれたらしい。

ブレーキの異音で店のライトバンは修理中だったので、門野澄夫の実家がある深沢（ふかさわ）までモノレールで行った。カーブが多いせいか左右によく揺れる。妙にスピードがあることでも有名だ。ただ、高いところを進むので、窓からの景色は悪くない。

五月の日射しが家々の屋根や緑に降り注いでいる。海の方まで続く青空には、もう初夏の兆（きざ）しがあった。

「きらめく季節に……」

ふと栞子さんがつぶやいた。彼女は四人掛けの席で俺の向かいに座り、杖を抱えたまま外を眺めている。

「たれがあの帆を歌つたか。つかのまの僕に、過ぎてゆく時……」

目が合うとみるみるうちにボリュームを下げ、頬を赤らめてうつむいてしまった。

「なんですか、それ」

「べ、別に……今のは、なしで……」

「でも、いい言葉だったんで」

ぱっと彼女は顔を上げる。レンズの奥で大きな瞳が輝いていた。

「大輔さんもそう思いますか？」

「え？　はい」

「わたしも大好きなんです。これは寺山修司の『五月の詩』といって、『われに五月を』の冒頭に収録されている作品です」

目を閉じてさらに暗唱する。完璧に憶えているらしく、まったく淀みがなかった。

二十才　僕は五月に誕生した
僕は木の葉をふみ若い樹木たちをよんでみる
いまこそ時　僕は僕の季節の入口で
はにかみながら鳥たちへ
手をあげてみる
二十才　僕は五月に誕生した

瑞々しい外の景色によく似合っている。詩のことはなにも分からないが、今この瞬間が言葉になったような気がした。

「寺山の最初の作品集が『われに五月を』です。この詩のとおり、二十歳の頃に出版されました。詩はもちろん、それまでに書かれた短歌や俳句や日録が収められた、当時の集大成といっていい内容でした……でもこの詩が生まれた頃、寺山はネフローゼという内臓疾患で入院していました。ベッドから出られない日も多く、命の危険すらあったんです」

「……詩の内容と全然違いますね」

木の葉を踏むどころではなさそうだ。重病患者が書いたとはとても思えない。

「むしろ病に伏していた時だったからこそ、想像力を存分に働かせたのかもしれません……後に戯曲の中でこう書いています。『どんな鳥だって想像力より高く飛ぶことはできないだろう』って……」

ちょうどモノレールが湘南深沢(しょうなんふかさわ)駅に着いて、俺たちはホームに降りた。平日の午後、小さな無人駅に乗り降りする客は少なかった。鎌倉でもこのあたりでは観光客をほとんど見かけない。

「二十歳でデビューって、早くないですか」

俺は駅を出てから尋ねる。歌人や詩人が何歳ぐらいでデビューするのか知らないが。

「デビューはそれより前です。十代半ばから俳句や短歌を作り始め、同世代の同人たちと広く交流していました。高校生の頃に全国学生俳句大会を主宰していたほどです。

生まれ育った青森から上京した十八歳の時、雑誌『短歌研究』に応募し、当時の編集長だった中井英夫によって特選になり……十代の天才歌人として脚光を浴びるようになります」

栞子さんはすらすらと説明する。中井英夫、という名前には聞き覚えがあった。

「中井英夫……って小説も書いてませんでした？」

最近、探偵小説の棚を整理することが多かったのだが、背表紙で名前を見たような気がする。栞子さんは笑顔でうなずいた。

「書いていますよ。日本探偵小説史上の三大奇書の一つとされる『虚無への供物』の著者です。幻想文学の書き手としても知られていますが、多くの若い歌人を世に送り出した短歌編集者でもありました。寺山の『われに五月を』の刊行も、中井の尽力によるものだったんです」

なだらかな坂にさしかかって、杖を使う彼女に合わせて歩調を緩めた。大きな一戸建ての並びがずっと先まで続いている。つやつやした毛並みの大型犬が、ウッドデッキに寝そべっているのが見えた。

「寺山がネフローゼに倒れたのは、華々しく活動を始めた矢先でした。中井英夫はこの天才が死んでしまう前にせめて一冊を、という思いで刊行したそうです。もちろん、寺山がこの時に命を落とすことはなく、退院後は時代のトリックスターとして、さまざまなジャンルに活動の場を広げていったわけですが……」

「亡くなったのはいつだったんですか」

「一九八三年です。四十七歳でした」

「……若いですね」

「ええ。肝硬変と腹膜炎で敗血症になって……ネフローゼの影響もあったと言われていますが、肉体はあまり頑健ではなかったようです……あ、あのお宅です。松の木が立派な」

視線の先には古い二階建てがあった。斜面に建っているせいか、コンクリートの土台の高さが際立っている。土台に設けられた駐車スペースから、頭の禿(は)げあがったスーツ姿の中年男が現れた。身なりはきちんとしているが、体つきや大きな目は門野澄夫に似ていた。

「あの人のお兄さんです。確か、幸作(こうさく)さんとおっしゃる方です」

三人兄弟だと言っていたから、たぶん二番目の兄なのだろう。男性の方がこちらに気付いて深々と頭を下げ、栞子さんも慌ててそれに応えた。

「どうもわざわざ。弟がご迷惑をおかけして申し訳ありません。わたしも今来たところで……」

門野幸作は愛想よく言い、栞子さんの顔をまじまじと見つめる。しばしの沈黙の後で、すぐに我に返ったようだった。

「とにかくどうぞ。義姉（あね）もお待ちしているはずです」

先に立って歩き出す。ここに住んでいるわけではなく、わざわざ栞子さんと話すために来たのだろう。服装を見る限りでは仕事を抜け出しているのかもしれない。ずいぶん熱心なことだ。弟のことがあるにしても、俺にはしっくり来なかった。

俺たちを玄関で出迎えたのは、中年の地味な女性だった。化粧気のない顔に大きなほくろが散らばっている。やつれたような首筋のしわが目を引いた。

「門野（かどの）久枝（ひさえ）です……お世話になっております」

「いっ、いいえ。こ、こちらこそ……ご主人には、お世話に……」

つっかえながら栞子さんが応じる。俺たちは和室に通されて、年季の入った仏壇に焼香した。

故人は門野（かどの）勝己（かつみ）といい、遺影を見る限りでは五十代前半だった。そばに飾られている家族写真には妻の他に二人の息子と抱きかかえられた三毛猫も写っていたが、今この家にいるのは妻一人らしい。猫はどこかにいるのかもしれないが。

「義弟がご迷惑をおかけして、申し訳ありませんでした」

茶を出すとすぐに、故人の妻は門野幸作とまったく同じ言葉を口にした。挨拶した相手に次々と謝罪されて、栞子さんの緊張はひどくなったようだった。

「そ、それで……あの、先日、この前の休日ですけれど、澄夫さんがうちにいらして……わたしと、ここにいるだっ、いえ、その、五浦、に話を……」

例によって俺の呼び方で噛みまくっている。もう普段と同じ呼び方でいいんじゃないのか。話に耳を傾けている二人の表情が曇っていく。重々しい声で話し始めたのは門野幸作の方だった。

「あいつがどんな失礼なことをしでかしたのか分かりませんが……どうぞ遠慮なくおっしゃって下さい。できる限りのことをいたしますので」

栞子さんと顔を見合わせる。どうも門野澄夫がうちでトラブルを起こし、そのことで俺たちが文句を言いに来たと思われているらしい。どうりでスムーズに会ってくれたわけだ。

「す、すみません。わたしがきちんとご説明、しなかったもので……ほ、本日伺ったのは、澄夫さんから、相談されたからなんです。その、勝己さんから本を、譲られる約束だったけれども、皆さんはご存じなかったと……第三者のわたしに、事情を調べて欲しいということで……」

「ああ、あの話ですか」

門野幸作は顔をしかめた。

「よりによってお宅に妙な話を持ちこんでしまってすみませんでした。どうせまたあいつの嘘ですよ。誰もそんな話を聞いていませんし……義姉さんも知らないんでしょう？」

ええ、と義理の姉はうなずいた。

「念のため他の親戚にも尋ねたんですが、主人がそんな話をしたことはなかったそうです……寺山修司の初版本を特に大事にしていましたし、それをわざわざ澄夫さんに譲るというのは……」

栞子さんは黙ったままだった。困っているのかもしれない。この二人が嘘をついているようには見えなかった。少なくともあの男よりは信用できる。

「澄夫は子供の頃から嘘ばっかりついていました。どんな悪さをしてもあの調子でへらへらするだけで、絶対謝りませんでしたよ」

「そんなに色々……やってたんですか？」

つい門野幸作に尋ねてしまった。盗んだ本をビブリアに持ちこんだだけではないらしい。そういえばあの男の過去についてほとんど知らなかった。

「わたしたちは両親を早くに亡くしています。お恥ずかしい話ですが、一番小さかったあいつには躾が行き届かなかったんです。大きくなるにつれて手癖が悪くなりましてね。財布から金を抜き取ったり、スーパーで万引きしたり……親代わりをしていた兄貴は手を焼いてました」

俺は仏壇の位牌が一つではなかったことを思い出した。あれは兄弟の両親のものだったのだ。

「ご両親が亡くなったのは、いつ頃だったんですか？」

「一九八〇年です。結婚記念日に夫婦二人で温泉へ行ったんですが、ホテルが火事で全焼してしまって……兄貴が二十歳、わたしが十三、澄夫はまだ五つでした」

すらすらと数字が出てくる。深く刻みこまれた記憶なのだろう。

「兄貴は大学を中退して、叔父の会社で働き始めました。若かったから余裕もなかったんでしょう。言うことを聞かない澄夫にかなり厳しく当たっていましたよ。あいつも高校に上がる頃から兄貴とほとんど口を利かなくなって、とうとう家出して小さな劇団に入ったんです」

「家出……」

と、俺はつぶやいた。つい最近聞いた言葉だった。

「まあ、寺山修司の本に影響されたんですかね。兄貴の書庫に忍びこんでは、勝手に持ち出して読んでましたから。エッセイやら戯曲やらなにやら」

本当に『家出のすすめ』を実行したわけか。読書の趣味は近くても、お互いを理解できるとは限らないらしい。

「劇団といっても学生演劇に毛が生えた程度のもので、公演するたびに借金が増えていって、その穴埋めにと怪しげなアルバイトにいくつも手を出して……わたしのところにも電話をかけてきましたよ。高級な鍋のセットだの浄水器だのを買ってくれないかって。信じられないようなバカ高い値段でしたが」

感情が顔に出ないよう苦労した。マルチ商法の業者に唆（そその）かされたのだろう。俺もそういう連中にしつこく勧誘されたことがある。収入の不安定な人間は特に狙われやすいらしい。

「三年ぐらい前ですが、とうとう借金で首が回らなくなって、兄貴に肩代わりしてもらったんです。家賃も滞っていると言うので、兄貴がこの家に住まわせていました。そちらのお店に入り浸ってるうちに、あんな真似をしでかして……今回ものうのうとこんな嘘話まで……お詫びのしようもありません」

また頭を下げる。あの男について語る時は謝る癖がついているのかもしれない。

「……あの」

ずっと黙っていた栞子さんが口を開いた。おどおどした態度が消えて、いつのまにか背筋がぴんと伸びている。

「実はわたし、少し引っかかっているんです。澄夫さんが嘘をついているとは、必ずしも言いきれない気がして」

門野家の二人が目を丸くする。発言だけではなく、この人の変化にも驚いているのかもしれない。例によってスイッチが入ったようだった。

「……どういうことでしょうか」

門野久枝が尋ねる。

「普通、嘘をつく時には話を本当らしくしようとするものです。澄夫さんは勝己さんから初版本を譲られた理由を口にしませんでした。皆さんを騙そうとするなら、そこにまず注意を払うはずです。理由も証拠もなければ信用されないことぐらい、少し考えれば分かるでしょうから」

言われてみれば本人も理由が分からずに戸惑っていた。戸惑いながら売り払う約束をして、前金まで受け取っているのだが。

「お気遣いは嬉しいですけれど、少しも考えなかったんじゃないでしょうか。澄夫さんにはそういう……うっかりしたところがありますから」

義理の姉が遠回しに厳しいことを言った。実の兄も腕組みをしてうなずいている。

「確かにそうかもしれませんが……」

言い出した栞子さんまで同調している。今まで迷惑をかけられてきたせいか、三人の門野澄夫への評価がかなり辛い。

「……勝己さんの書庫を見せていただけないでしょうか。なにか分かることがあるかもしれません」

4

書庫は一階の奥にあった。案内してくれたのは門野幸作だけで、故人の妻は病院の予約がありますからと申し訳なさそうに出かけていった。

「兄は肺癌だったんですが、末期に病院を出て自宅で療養していました。それが家族全員の希望だったんです。ただ、義姉には相当な負担になってしまって……今も体の調子がよくないんですよ」

鍵のかかったドアの前で、ポケットを探りながら言った。

「申し訳ありません。お邪魔してしまって」

恐縮する栞子さんに門野幸作は首を振った。

「謝るようなことじゃありませんよ。あなただって足が悪いのにわざわざ来て下さったじゃないですか。新聞で読みましたが、大変な目に遭われたんでしょう」

栞子さんが体を硬くする。田中敏雄の起こした事件はニュースにもなった。被害者の名前は伏せられていたが、地元ではこんな風に知っている人も多い。

「どうぞ。入って下さい」

ドアが開くと、そこは日当たりの悪い部屋だった。スチールの書架が図書館のように川の字に並んでいる。ぽつんと椅子が一脚だけ置いてあるが、他には家具らしいものはなにも見当たらない。

「わあ、すごい……」

栞子さんは杖をついて、ふらふらと書架の間に入っていった。

「本を置くためだけの部屋なんですか」

門野幸作に尋ねても返事はない。背表紙を指でなぞっている栞子さんに視線を注いでいる。あの、と声をかけるとやっと反応した。

「ああ、そうですね。兄貴は自分の本以外のものを置かないと決めてたんです。純粋に好きな本だけの場所にしたいと……両親を亡くしてから、唯一の楽しみが読書だったんです。休日にはよくここにこもってましたよ」

懐かしそうに目を細める。俺も蔵書を軽く見て回った。書架の一つが寺山修司の著書や研究書で埋まっていた。寺山修司以外の詩集や歌集らしい本もかなり多い。書架の半分ほどが『現代詩手帖（げんだいしてちょう）』や『短歌研究』などの雑誌のバックナンバーで埋まっていた。

「古本屋さんの目から見ても、結構マニアックでしょう」

俺と栞子さんの両方に声をかけたのだと思うが、彼女は奥の方で蔵書を眺めているだけだった。仕方なく俺だけが曖昧にうなずく。マニアックかどうかなんて分かりっこない。

「兄貴は大学で国文科にいましてね。戦後の短歌や現代詩の研究がしたかったようです。親父たちがあんなことにならなければ、学芸員にでもなっていたんじゃないかなあ……好きな分野にのめりこむのは澄夫も同じです。あいつの場合は演劇でしたが。三人兄弟の中でわたしだけ中途半端なんですよ。影響を受けて少々かじってはみましたが、すぐ投げ出してしまった……物好きな連中にはかないません」

しみじみと語る彼の目は相変わらず栞子さんを追っている。下心は感じられないが、気になって仕方がなかった。

その時、彼女がやっとこちらを向いた。興奮で頰が上気している。

「限定版や共著も含めて、寺山の著書はほとんど揃っています。保存状態もいいですし、とても充実したコレクションです」

「寺山の初版本はほとんどビブリアから買ったものですよ。まだアルバイトだった智恵子さん……あなたのお母さんが、兄貴のために探しては持ってきてくれたんです。もちろん、『われに五月を』もそうでした。澄夫は知らなかったはずです」

「……やっぱり、そうでしたか」

栞子さんの笑みがしぼむ。

ということは、篠川智恵子はここにある『われに五月を』についてよく知っていたわけだ。知り合いから頼まれたというだけで相談に乗ったとは思えない。栞子さんに依頼を振ったことも含めて、なにか意味があるんじゃないだろうか。

「うちの兄弟はみんな智恵子さんの影響で本を読むようになったんです。できるだけ長く彼女と話をするには、本の話をするしかありませんでしたから。三人の中で、わたしが一番早く脱落したんです」

さっきから栞子さんをじろじろ眺めていた理由がやっと分かった。彼女の母親の若い頃にそっくりだからだ。みんなが憧れていたと門野澄夫も言っていた。

「古本屋で働き始めた後も、智恵子さんは時々うちに遊びに来ていましたよ。兄貴が結婚して、子供が生まれたあたりから縁遠くなってしまいましたが」

篠川智恵子の過去についてもっと聞きたかったが、栞子さんのいる前ではやりにくい。話題を変えようと、彼女が手にしている古書に目を留めた。薄いグリーンの表紙に木の葉のイラストと『われに五月を　寺山修司作品集』の書名が印刷されている。ヤケや染みはないが、かなり古いものに見えた。

「それ、例の初版本ですか？」

「ええ。ここまでの美本は滅多に出てこないと思います……一体、どこから仕入れたのかしら……」

ぼそっとつぶやく。母親の手腕を目の当たりにして、古書店主として複雑な気分らしい。

「一応、中を拝見してもよろしいですか？」

故人の弟に許可を得てから、栞子さんは椅子に腰を下ろした。慣れた手つきでページをめくり始める。書名のある扉でさっそく彼女の細い指が止まった。釘（くぎ）で引っかいたような筆跡で「寺山修司」と書きこんである。

「本物の署名ですか？」

「そうですね。関係者や知人への献呈本でしょう。『われに五月を』の部数はたった千部でした。当時は話題にもならず、ほとんど売れなかったようです。寺山の名が知れ渡り、評価が高まった後も絶版のままでした。装丁も凝っていますし、今でもかなりの古書価がついています」

しかも署名まで入っている。売ればそれなりの金額になるはずだ。

扉のページに続いて黒いセーターを着た青年の写真が現れる。きっとこれが寺山修司だろう。本当に若い。二十歳だとしたら俺より年下だ。

その先には『五月の詩』が載っていた。詩だけではなく短歌や俳句も一冊に収められている。

「ここにある蔵書は兄貴の自慢でした。いつも珍しいものを智恵子さんが見つけてきてくれる、と嬉しそうに言っていたもんです。一番大事にしていたのがその『われに五月を』だと思います……ああ、そうだ。この歌を口ずさんでましたね。亡くなる前、最後にわたしと話した時に」

門野幸作は指を伸ばして短歌のページを軽く叩いた。

　胸病めばわれにも青き山河ありスケッチブック閉じて眠れど

　背筋がぞくりと震えた。ただ故人の病状を連想させたからではない。青き山河なんて見たことがあるわけでもないのに、妙にくっきりとイメージが頭に浮かんだからだ。短歌なんて教科書で読んだきりだが、こんなに印象に残るとは思わなかった。

「……あ」

　栞子さんがつぶやいた。折りたたまれた紙と写真が一枚ずつ挟まっている。写真の中では半ズボンをはいた五、六歳の子供が床に寝そべっている。色鉛筆を手にしたまま、仏頂面(ぶっちょうづら)でレンズを振り返っていた。今にもあっちに行けと言い出しそうだった。

　スケッチブックから切り離したらしい画用紙と色鉛筆があたりに散らばっている。何枚もの画用紙を繋げて、一つの大きな絵を描いているようだ。たぶん戦艦だと思うが、はっきり言って下手だった。本人も自覚しているのか、線がはみ出したところにいくつも×印を書きこんでいた。

「小さい頃の澄夫です。場所はこの部屋かな。こんな写真、初めて見ます」

門野幸作は首をかしげている。ということは三十年ぐらい前か。それにしてはまったく色あせていない。妙に真新しく見える写真だった。

「撮影は一九八一年の五月二十日です……ネガからプリントされたのは最近のようですが」

栞子さんは写真の端に表示されている日付を俺たちに示した。ああ、と門野幸作が声を上げた。

「たぶん、義姉(あね)が撮ったものです。この頃うちにあったカメラはどれも古くて、日付表示機能がついてませんでしたから」

「……久枝さんがいらしてたんですか？」

栞子さんが尋ねた。

「ええ。もともと義姉は兄貴の大学の後輩でした。結婚するずっと前からよくここに来て、澄夫の面倒も見てくれてましたよ。あいつはあまりなついてませんでしたが……それにしても、家の中で大人しく絵なんか描いてるのは珍しいですね。外を飛び回る方が好きだったのに」

「……足のせいではないでしょうか」

言われてみると、少年の右足には分厚いギプスが巻かれている。門野幸作がぽんと手を叩いた。

「思い出しました。用水路の橋から落ちて骨を折ったんです。兄貴とわたしが澄夫を代わる代わる負ぶって、病院まで連れて行きましたよ。ちょっと目を離すと、なにをするか分からない奴で……」

栞子さんは写真を膝に置くと、四つに折りたたまれた紙を開く。薄く罫線が入っているところを見ると、本来は便箋だったのかもしれない。かなり古いもののようだ。紙一杯に灰色の尖った山のようなものが描かれている。

「なんですか、これ」

俺の質問に、栞子さんは絵の向きを変える。やっと意味が分かった。たぶん戦艦の艦首だ。前後がはっきりしないので艦尾かもしれない。とにかく砲塔がついている。

「写真の絵の続きでしょう。澄夫さんが描いたんです」

なるほど。確かに写真にはこの部分が写っていない。きっと撮影された後にこれを描いたのだ。

「画用紙が足りなくなったんだな」

門野幸作はくすりと笑った。あのふてぶてしい男にも無邪気な子供時代があったわけだ。ただ、引っかかることもあった。この絵も写真も『われに五月を』となんの関係もない。どうしてこんなところに挟んであったんだろう。

突然、紙を持っていた栞子さんの手がぶるぶる震え始めた。恐ろしいものでも見たように両目が見開かれ、顔は真っ青になっている。

「ど、どうしたんですか？」

「大輔さん……こ、ここ……」

舌がもつれている。古書の話をしながらここまで動揺するのは珍しい。彼女が指差した箇所に目を近づけると、丸っこい鉛筆書きの文字がうっすら残っていた。かろうじて判別できるのは三行ほど、それも最初の数文字だけだった。「きら」と「た」と「つか」。

（ん……？）

なにかが記憶に触れる。つい最近、耳にしたような。

「……きらめく季節に、たれがあの帆をうたったか。つかのまの僕に、過ぎてゆく時よ……」

かすれた声で栞子さんが言った。そうだ、「五月の詩」だ。

「これは……寺山の筆跡です……」

しばらくの間、誰も口を開かなかった。何者かによって寺山の直筆が消されて、そこに絵が描かれている——なにが起こったのかあまり知りたくなかった。

「寺山修司が書いたのは、間違いないんですか？」

「字の特徴からいって、おそらくは……」

子供には作家の直筆の価値は分からないだろう。ちゃんと読めたかどうかも怪しい。邪魔な文字を消して、絵を描こうと思っても不思議はない。

「で、でも、この本の原稿とかじゃないですよね。本にするようなもんなら、こんなただの紙じゃなく、ちゃんとした原稿用紙とかに書くんじゃないですか？」

「『われに五月を』の出版に向けて作業が行われた時、寺山はネフローゼで入院していました。長い療養生活で経済的にも追い詰められ、恩師への手紙でしばしば金の無心をしています。原稿用紙がふんだんにあったとは限りません。

また、出版にあたって作品を清書してくれる人がいないと手紙の中で嘆いています。少なくとも下書きはあったということです……ほとんど消えてしまっているので断定はできませんが、『われに五月を』のための下書きや覚え書きだった可能性はありま
す……」

いつも珍しいものを智恵子さんが見つけてきてくれる、と故人は言っていたという。これも篠川智恵子が見つけてきたものに違いない。当然、大事にしていたはずだ。直

筆の痕跡しか残っていない落書きを、こんな風に保管していたわけだから。

「間違いなく、澄夫がやったんですね」

地を這うような低い声で、門野幸作が栞子さんに念を押す。

「はい……この絵については、他に考えようがないかと……」

それこそ画用紙が足りなくなったのだろう。骨折で足が動かなければ、新しい紙を取りにいくのは面倒だ。この書庫を漁って見つけた紙を使った——その結果、二つとない貴重な直筆の草稿がこの世から消えてしまったわけだ。

「……せめて裏に絵を描けばよかったのに」

と、俺は言った。わざわざ消す必要はなかったと思う。

「厚い紙ではありませんから、裏写りが気になったのかも……実は、裏にもなにか書いてあったようなんです。そちらの方にはなにが書かれているのか、まったく読み取れません……」

今度こそ二の句が継げなくなった。詩か短歌か俳句か、他の草稿も消えてしまった可能性があるわけだ。

「……この頃から、兄貴は書庫に鍵をかけるようになったんです」

故人の弟がおもむろに口を開いた。

「澄夫に厳しく当たるようになったのも同じ時期でした。不思議に思ってはいたんですが……これがきっかけだったのかもしれないな……」

栞子さんは『われに五月を』を最後までめくり終えて静かに閉じた。もちろん挟まっていたものは元通りにしてある。

はっきりしたことが一つある。

門野澄夫がこの本を兄から譲られるはずがない。絶対にありえない。どんな理由があるのか分からないが、とにかくあの男は嘘をついている。

分からないといえばもう一つ——結局、篠川智恵子は娘になにをさせたかったんだろう？　答えが分かりきったこの「問題」に、一体どんな意味があったんだろう？

5

栞子さんは門野澄夫にすぐ連絡を取らなかった。嘘を暴いて問い詰めるのは簡単だろうが、そうなると母親に会う目的が達せられなくなる。どうしたらいいか悩んでいる——最初はそう思っていたが、そこまで単純ではなさそうだと考え直した。今夜仕事の後で予定がありますか、と栞子さんに訊かれたからだ。

「『われに五月を』のことでお話ししたいことがあります」

なんなのか見当もつかなかったが、わざわざ予定を確かめたということは、こみいった話だろう。門野澄夫は嘘つきでしたで終わる話ではないわけだ。

じりじりしながら仕事を続ける。表面上は滞りなく時間が過ぎ、閉店の準備に入った。結論から言うと、彼女の「お話」をその日聞く機会はなかった。意外な来客があったからだ。

俺が回転式の看板を店内に下げていると、あの、と声をかけられたからだ。

「昨日は失礼しました……折り入ってご相談があるのですが」

季節外れに分厚い紺色のコートを着こんだ、顔色の悪い中年女性だった。前の日に会ったばかりの門野久枝だ。

早めにレジから釣り銭を出し終えて、閉店業務を終わらせていた栞子さんは読書に耽っていたが、客が入ってくると慌てて本をカウンターの隅に押しやった。読んでいたのは『作家の自伝40　寺山修司』だった。自伝というからには寺山自身が書いた伝記だろう。『誰か故郷を想はざる』と『消しゴム』が収録されているようだ。

これはうちの店にもともとあった在庫だ。例の『われに五月を』の件でなにか調べていたのかもしれない。

挨拶もそこそこに、門野久枝は本題に入った。

「昨日、幸作さんから話を聞きました……澄夫さんが主人の持っていた、寺山修司の原稿を台無しにした、というのは本当でしょうか?」

「……彼が関わっているのは、間違いありません」

栞子さんが慎重に答える。

「高価なものですか?」

「現物を見ていないので、判断が難しいですが……大金を積んでも、欲しがるファンは確実にいると思います。寺山の直筆原稿は没後に古書価が上がりましたから」

「そうですか……」

彼女は目を伏せる。驚いている様子はなかった。痛みをこらえるように、歯を食いしばるのが見て取れた。

「直接彼と話すつもりでしたが、携帯電話が止められているようで、連絡がつかないんです……近いうちここへ来るでしょうから、その時にこれを渡していただけませんか」

バッグから厚みのある封筒を取り出してカウンターに置く。明らかに現金の包みだった。それなりに入っているようだ。栞子さんが問いたげに相手を見つめる。

「澄夫さんがその原稿を駄目にした日、わたしもあの家にいました。ご両親が亡くなってからは、しょっちゅう出入りして家事を手伝ったりしていたんです」

俺は門野家で見た写真を思い出す。撮影したのはこの女性だと門野幸作が言っていた。

「幸作さんが中学の修学旅行で留守にしていて、わたしが澄夫さんの面倒を見ていたんです。当時、彼はまったくなついてくれませんでした。話しかけられることも嫌がっていて……とうとうわたしも腹を立てて、怪我をしている彼を書庫に一人きりにしてしまったんです。

書庫にあるものが主人の大切なコレクションだということは、わたしもよく知っていました……もしあの時目を離さずにいて、足りなくなった画用紙をわたしが取りにいっていたら……主人ともここまで仲違(なかたが)いはしなかったかもしれません」

この人は自分のせいでもないことに責任を感じているようだった。仲違いしたのは本人たちの問題だし、この場合主に原因を作ったのは門野澄夫の側だろう。こんな風に金を渡したところで、なにも解決しないんじゃないだろうか。

前触れもなくガラス戸が開いて、色の黒い中年の男がぬっと入ってきた。門野久枝とは違って、まだ五月だというのに半袖のシャツを着ていた。

「やっぱり、ここにいたんだ。義姉さん」

「澄夫さん……」

門野澄夫はカウンターに近づいてくる。姉弟で向かい合うと服装のギャップが際立った。

「さっき深沢のうちに電話したら、俺に用があってビブリアに出かけたって言うからさあ。急いで追っかけてきたんだ……ん？　これ、兄貴が読んでるって言ってた本だ。死ぬ前に」

そう言って『作家の自伝40　寺山修司』を手に取り、俺と栞子さんに屈託のかけらもない笑顔を向けた。

「どうも、こんにちは……こんばんはかな。それで『われに五月を』はどうなった？　なんとかなりそう？」

今の持ち主である義姉の前でさらっと尋ねる。どうなったもなにも、子供時代にこの男がやらかしたとんでもない過失が明らかになっただけだ。

「あのね、澄夫さん。そのことだけど……」

おずおずと義理の姉が切り出した。子供に言い聞かせるような調子だった。

「結局、うちの人がどういうつもりだったのか、はっきり分からないの。彼が大事にしていた本だから、そう簡単にあなたにあの本をあげるわけには……」

微妙な言い回しだ。お前は嘘つきだとはっきり指摘できないのだろう。

「もし、お金に困っているようなら、これを受け取ってもらえないかしら」

たった今、カウンターに置いた封筒を取って差し出す。門野澄夫は両手で本を持ったまま微動だにしなかった。

「……つまり、『われに五月を』は、渡せないってこと？」

「申し訳ないけれど……」

「じゃあ、意味はないなあ。金なんかもらっても」

素っ気なく言う。俺は目を瞠った。てっきり金が目的で、古書は二の次だと思っていた。

「『われに五月を』、もう売る約束してるんだよね。本がないと意味がない。本と金、両方くれるんだったら考えるよ」

いや、やっぱり金だった。本当にどうしようもない。売る約束のことまでは初耳だったのか、義理の姉が呆然と立ちつくしていた。

「用がそれだけなら、俺から話すことないけど。それとも、どこかでお茶でも飲んでいく？　駅の反対側ならよさそうな喫茶店あるけど……」

「……いいえ。失礼するわ……」

やっとのことでそれだけ言い、俺たちにお辞儀をして立ち去ろうとする。

「あの、久枝さん」

栞子さんが声をかける。

「昨日、お宅へ伺った時、一九八一年五月二十日に久枝さんが撮影された、澄夫さんの写真を拝見しました。書庫で絵を描いている時のものです。あれは最近プリントされたものですか？」

唐突な質問に聞いている俺も面食らった。そういえば、プリントされた時期について気にしていた憶えがある。

「え、ええ……主人が亡くなる直前、家族の写っている写真を見たいと言い出したんです。もともとあったアルバムをすべて見せましたが、わたしが独身の頃に撮ったきり、プリントし忘れていたネガも見つかったので……」

故人にとってはなにか意味のあることだったのだろう。この質問にどんな意味があるのかよく分からないが。

「ありがとうございました。お引き止めしてしまってすみません」

それで用事は終わったようだった。故人の妻は困惑を顔に貼りつけたまま去っていった。一体なんだったんだろう。

「義姉さんがそんな写真撮ってたんだ。全然憶えてねえなあ……一九八一年っていうと、俺が六つかそこらか。どんなだった？　俺」

「あなたにも訊きたいことがあります」

質問を完全に無視して、栞子さんは話を続けた。

「亡くなる前にお兄さんがその本を読んでいた、と言いましたね。本当ですか？」

「それは本当本当……兄貴から急に電話かけてきた、って言ったのは憶えてるよね。なかなか本題に入らないから間が持たなくてさあ、『最近どんな本読んでる？』って俺の方から訊いたんだよ。そうしたら、ちょうどこの本を読み返してて、それで俺に電話する気になったって」

そう言って『作家の自伝40　寺山修司』を俺たちに見せる。著者の顔写真が表紙になっていた。中年になってから撮影されたようで、『われに五月を』にあった若々しい姿とは全然印象が違う。

「で、その後急に『われに五月を』はお前にやるって言い出したんだ」

「……分かりました」

なにが分かったのか、彼女は軽くうなずいた。

「もう質問はありません。帰って結構です」

冷ややかに言い渡す。門野澄夫は特に驚いた様子も見せなかった。

「了解……それじゃあ、『われに五月を』のこと、よろしく」

鼻歌混じりで上機嫌に店を出て行った。北鎌倉の改札口へは向かわず、反対方向へ歩いていく。どこへ帰るつもりなんだろう。そういえば、今住んでいる場所についてまったく聞いていない。きっと家族も知らないはずだ。

「あの人のこと、信用できるんですか？」

「人格を信用しているわけではありません……でも、今回に限っては、本当のことを言っている可能性があります」

「え……それって……」

「本当に『われに五月を』を譲られたかもしれない、ということです」

まじまじと彼女を見つめた。本気の目をしている。俺はようやく気付いた。この人は門野澄夫が真実を語っている可能性を捨てたわけではなかった。黙っていたのは考えをまとめるためだったのだ。今夜、俺にそのことを話すつもりだったのだろう。

「いや、でも……あんな人ですよ？　何十年も家族とうまくいってなくて、迷惑もかけまくってたんですよね。急にお兄さんの気が変わるなんてあるんですか？」

「気が変わるだけのことが起こったんです……あの書庫を見た時、気になったことがありました。蔵書はきちんと整理されていましたが、この本と『われに五月を』の初版本だけは、まったく見当違いの場所にあったんです」

「どういうことですか？」

「今までは持ち主の門野勝己さんが蔵書を管理なさっていたのでしょう。読み終えた本もきちんと同じ場所に戻すことになっていたはずです。意識が戻らなくなってしまった後、家族のどなたか……本にあまり詳しくない方が、その二冊を書庫に戻したのではないかと……」

つまりこれは亡くなる直前に読んでいた本ということだ。さっきの門野澄夫の発言でも裏付けられているわけだが——。

「あの、それって大事なことなんですか？」

「はい」

栞子さんはきっぱり言った。

「この本が鍵になっているはずです」

6

次の日、モノレールに乗って再び深沢へ行った。

もちろん定休日ではなかったが、栞子さんの妹が店番に入ってくれている。中間試験の最終日で午後は空いているからと申し出てくれたのだ。

どうも俺たちが店の外でなにか調べた後は、大きな仕入れがあると思いこんでいるらしい。四月に江戸川乱歩のコレクションを買い取ったせいで誤解しているのだろう。今回の栞子さんの目的は別のところにある。謎を解いてもなんの得にもならないのだが、それは言い出せずじまいだった。

朝から雨が降り、気の滅入るような天気だった。確実に梅雨が近づいてきている。モノレールの駅から門野家まで傘を差して歩いたが、思ったよりも時間がかかってしまった。

出迎えてくれたのは門野久枝だった。家の中は寒々しく、静まりかえっている。

「お一人ですか？」

杖を立てかけて、ショートブーツを脱ぎながら栞子さんが尋ねる。玄関には男物の靴がずらりと並んでいる。きっと故人や子供たちのものだろう。一足だけやけにぼろぼろのスニーカーが混じっていた。

「ええ……」

門野幸作はここにいないのだろう。まあ、社会人が平日にそうそう仕事を抜けられるはずがない。

一昨日と同じ和室で俺たちは向かい合った。栞子さんの口からどういう真相が語られるのか、俺はなにも知らない。どうせここで分かるのだからと、結局なにも尋ねなかった。

座卓の上にはすでに『われに五月を』の初版本が置いてあった。

「書庫から出して下さったんですね」

「必要になるかと思いまして」

俺は相手の様子を窺う。冷静そのものに見えるが、どことなく作為が感じられた。この前よりも物腰や声に硬さがある。

「それで、お話というのは……」

「久枝さん」

突然、栞子さんが名前を呼んだ。

「わたしの母……篠川智恵子をご存じですよね？　面識があるはずです」

「……どういう意味でしょうか」

「幸作さんは母が時々こちらへお邪魔していたとおっしゃっていました。お兄さんが結婚されて、子供が生まれる頃に縁遠くなった、と……母と顔を合わせる機会は、何度もあったんじゃありませんか？」

穏やかだった表情に、かすかな震えが走った。

「確かに、お会いしたことはあります。主人と結婚する前から、存じ上げていました。それがなにか……？」

「どうしてそうおっしゃらなかったんですか？」

「え？」

「母はよくも悪くも印象に残る人です。彼女を知っている人は、必ずといっていいほどわたしにそのことを話そうとします……話したくない事情がある人を除いては」

俺は門野兄弟を思い出す。栞子さんが母親にそっくりなせいもあるだろう。二人とも彼女に篠川智恵子のことを語らずにはいられないようだった。彼らだけではなく、今まで出会った人たちは皆そうだった。

もちろん例外はいる。栞子さんに気を遣って触れないようにしていた人、志田のように関わりを伏せていた人――そして、もう関わりたくないと怯えている人だ。

「別に理由なんてありません。隠していたわけでもありませんし……お話というのはそのことですか」

「いいえ、もっと大事なお話があります」

栞子さんは『われに五月を』を開いて、挟んであった例の写真を取り出した。幼い頃の門野澄夫が仏頂面で写っている。

「この写真はネガのままでプリントされていませんでした。幸作さんも澄夫さんも、そしてあなたのご主人もつい最近までご存じなかった……だから誰も気付いていなかったんです。一九八一年五月二十日になにが起こったのか、この写真には決定的な手がかりが残っています」

「え……」

彼女の視線が写真の上をさまよう。その「手がかり」を探しているようだったが、すぐに顔を上げた。

「……なんの話をしていらっしゃるのか、分かりませんが」

「寺山の鉛筆書きの草稿を澄夫さんが消し、それに絵を描いたとご主人はずっと考えていらしたはずです。わたしも最初はそう思いこんでいました。でも、だとしたら、澄夫さんはなにを使って寺山の書いた作品を消したんでしょうか？」

微妙な空気が流れる。文字を消す道具なんて一つしかないだろう。

「なにって、そんなの消しゴム以外に……ん」

俺は口をつぐんだ。写真の中に消しゴムはどこにも見当たらない。

「ご主人は書庫に本以外のものを置かないルールをお持ちでした。澄夫さんが消したとしたら、この部屋に彼が消しゴムを持ちこんだということになります。でも、この写真の中で彼が使っているのは色鉛筆です。普通の色鉛筆は消しゴムで消えません。そんなものをここへは持ちこんでいなかったんです」

「……普通の消しゴムで消せる色鉛筆は、あの頃からあったと思うけれど」

門野久枝は弱々しく言い返す。しかし、栞子さんは追及の手を緩めなかった。

「そうかもしれませんが、この時澄夫さんが使っていたものは違います。ここをよく見て下さい」

栞子さんは床に散らばった画用紙の一枚を指差した。そこは艦橋の部分で、描くのにかなり苦労しているようだった。

「描き間違えたところに澄夫さんは×印を入れています。消しゴムが使えるなら、当然消して描き直していたはずです。使えないものを持ちこむ理由がありません」

写真と一緒に挟んであった古びた紙を広げる。巨大な戦艦の一部が灰色に塗りたくられている。門野久枝は苦しげに顔を背けた。

「骨折で自由に動けない澄夫さんが、わざわざ他の部屋に消しゴムを取りに行くのは不自然です。もし他の部屋へ行くとしたら、消しゴムより先に他の紙を探したでしょう。

おそらく、真相はこうです。画用紙がなくなって、困った澄夫さんは書庫の手の届く範囲を捜し回ります。そこで、すでに寺山の直筆が消されたまっさらな紙が出てくる……彼はそれを使っただけだったんです」

俺は『作家の自伝40　寺山修司』の表紙を思い出した。収録されているのは「誰か故郷を想はざる」と「消しゴム」だった。故人——門野勝己はこの写真を目にした後であの本を開き、「消しゴム」という単語から真相に辿り着いたのだろう。

そして、その場で弟に電話をかけたのだ。

「この写真が撮られた前後、幸作さんは修学旅行で留守にしていました。コレクションをきちんと管理されていた勝己さんの目を盗んで、草稿を消すチャンスがあったのはあなただけです」

突然、門野久枝は背中を丸め、しわの寄った両手で顔を覆う。一気に何十年も老けたように見えた。泣くでも叫ぶでもなく、ただその姿勢のまま動かなかった。

「もっと前に、謝るつもりだったのよ」

指と指の間から、くぐもった声が洩れた。

「でも、あの日、帰ってきた勝己さんが、あの子をひどく叱りつけたの。あんな恐ろしい彼の顔、それまで見たことがなかった。それで、なにも言い出せなくなってしまって……」

彼女の啜（すす）り泣きが聞こえる。それでも話は途切れなかった。

「この三十年間、ずっとあの子の泣き声が耳から離れなかった……書庫でただ絵を描いていただけなのに、わたしが巻きこんでしまったの……あの日以来、勝己さんの弟を見る目もどこか変わってしまった……」

もしあの時目を離さずにいて、足りなくなった画用紙をわたしが取りにいっていたら――昨日のこの人の言葉は、きっと本音だ。自分が文字を消したところに、門野澄夫が絵を描くとは思っていなかったのだろう。

「なんで、消したんですか？」

俺は彼女に尋ねる。

「書庫のものはご主人の大切なコレクションだって知ってたんですよね。昨日そう言ってたじゃないですか……なんでそんなことしたんですか？」

門野久枝の方がぶるっと震える。栞子さんは理由を尋ねようとしていない。見当がついている様子だった。

「智恵子さんが……」

「えっ？」

思わず聞き返した。なんでその名前が出てくるんだろう。

「あの頃、彼女もよくここに出入りしていたの。この家の人たちはもみんな彼女をとても慕っていた……わたしよりもずっときれいで、頭がよくて……勝己さんとも趣味が合う人だった。珍しい古書を探してきては彼に売っていて……増えていくコレクションをよく見せられたわ。智恵子さんが持ってきてくれた、智恵子さんが持ってきてくれたって……」

故人は蔵書を自慢にしていたと門野幸作が言っていた。恋人にまで自慢していたわけだ。

「智恵子さんの名前ばかり聞いていると、頭がおかしくなりそうだった。彼のためにここへ通って、嫌われながら小さな弟の面倒を見ているのはわたしなのに、わたしが誰よりも尽くしているのに、なんの関心もないみたいで……。

このまま放っておいたら、あの人の持ってくる古書だけを心待ちにするようになるかもしれない。わたしのことなんか本当にどうでもよくなるかもしれない……気がついたら、一番彼が大事にしていた、直筆の原稿を手にしていたの……」

絞り出すような低い声が部屋に響く。篠川智恵子への嫉妬が原因で、貴重な直筆がこの世から消えてしまった。どれほどの損失か、きっとこの人も分かっている。だからこそ誰にも言えなかったのだ。

篠川智恵子の名前など出せるわけがない。彼女とそっくりの娘と向かい合うことも苦痛だろう。まさに「話したくない事情」があったわけだ。ちょっとした態度の不自然さから、栞子さんにそれを見抜かれてしまった。

「ごめんなさい、澄夫さん……ごめんなさい……」

告白はいつのまにか呪文めいた謝罪に変わっていた。この場にいない人間に謝っても意味がないんじゃないか――そう思った時、廊下との境にある襖ががらりと開いた。

現れたのは門野澄夫だった。この部屋の雰囲気にも今日の気候にもまったくそぐわない、ハイビスカス柄のアロハシャツを羽織っている。顔つきは真面目くさっているが、今にも笑い出しそうに見えた。

「え……なんでここに……」

「やっぱり、この家にいらしたんですね。わたしたちが来る前から」

俺の疑問に答えるように栞子さんが言った。男はにやっと歯を見せた。

「なんだ、バレてたんだ」

「玄関にそれらしい靴がありましたから」

そういえば、妙にぼろぼろのスニーカーが置いてあった。この男のものだったのだ。

「昨日、昔の俺の写真があるって聞いたから、見せてもらいに来たんだ。ついでに『われに五月を』がどういう状態か知りたかったしね。栞子くんたちが来たっていうから、俺も話に混ぜてもらおうと思ったら、書庫に隠れてろって義姉さんに追い出されちゃってさあ……」

それで立ち聞きか。ということは今の話を全部聞いたはずだ——しかし、相変わらずへらへら笑いを浮かべている。

「す、澄夫さん……今まで、本当に……」

優しい声で話しかけ、そばにしゃがみこんだ。門野久枝が涙の跡の残った目を上げると、照れくさそうに頭をかいた。

「いやあ、いいんだよ。義姉さん」

「あの時叱られたことなんて、まるっきり憶えてないしね。兄貴と仲が悪かったのは、俺がろくでもない奴だったからだよ。義姉さんは今までさんざん俺のこと庇ってくれたじゃないか。俺のやらかしたことで、嫌な思いだってたくさんしてるだろう。だから、そんなこといちいち気にしなくていいんだ……」

俺は男の手元が気になっていた。しんみりといいことを言いながら、ポケットから出した紙袋に『われに五月を』を入れている。さらに落書きと写真を丁寧に畳んで一緒に仕舞った。

そして紙袋を持ったまま立ち上がろうとする。門野久枝が慌てたふためいて、両手でその袋をつかんだ。

「ま、待って、その本をどうするつもりなの？」

「どうするもなにも、持っていくんだよ。兄貴は俺のことを誤解してたって気がついて、お詫びにこの本を譲って仲直りしようとしてたんだから……栞子くん、そういうことだろ？」

「……おそらくは、そういうことです」

彼女はしぶしぶうなずく。

「ただ、それを証明する手立てはもうありませんが……」

と、付け加えることも忘れなかった。今回はこの男のために謎を解いたが、好きでそうしたわけではない。もともと顔も見たくない相手なのだ。

「証明なんか別にいいだろう。義姉さんが納得してくれれば……智恵子姉さんのことが嫌いなら、あの人の売った本だって見たくないんじゃないの？」

「で、でも……あの人が大事にしていた形見でもあるわ。ずっとこの家に置いておきたいの。これだけは持っていかないで……あなた、お金のために売ってしまうつもりなんでしょう？」

「義姉さん」

突然、門野澄夫は表情を改めた。きちんと正座をして、紙袋をつかんでいる姉の両手を上から包みこんだ。突然、部屋の中に明るい光が満ちる。急に雨が止んで、雲間から一瞬だけ太陽が現れたようだった。

「俺は確かにこいつを売るよ。でも大事に読んでくれるファンに売るつもりだ。義姉さんは寺山に関心ないじゃないか。これからだって読むわけじゃない……。この五月にかび臭い書庫で眠っているより、外へ出してやる方が本だって幸せだ。ほら、『青い種子は太陽の中にある』って寺山も書いてるじゃないか……あ、知らないか。書いてるんだよ」

俺の隣で栞子さんがため息をついている。いい加減な引用みたいだったが、言っていることはそれほど的外れではない気がした。

「……そんなに強くつかんだら、本が壊れるよ、義姉さん」

どこか哀しげにつぶやく。義理の姉ははっと手を離した。そして、再び手を伸ばそうとはしなかった。

「もう二度とここへは来ないで……わたしたちの前に、顔を出さないで」

「分かってる。そのつもりだよ」

門野澄夫は深々と頭を下げた。

「義姉さん、長い間お世話になりました」

義姉の気持ちが変わらないうちにと思ったのか、門野澄夫は紙袋を持ってすぐに退散してしまった。肝心の本がなくなった以上、俺たちもここに用はなくなった。今回のことは決して口外しないと約束して門野家を出た。

太陽はまた分厚い雲に隠れているが、今のところ雨は止んでいる。

「これで解決ですか？」

歩きながら栞子さんに話しかける。なんとなく釈然としなかった。

「解決だと思います……亡くなった方の遺志は尊重されたわけですし」

「でも、あの人すぐに売り飛ばすんですよね……『われに五月を』。それに結局、あの奥さんだって寺山の直筆を全部消したのに、旦那さんには一言も謝ってないじゃないですか」

「門野さん……勝己さんは弟の性格をよくご存じでした。その上で譲る決心をされたと思います。弟に電話をかけても、奥さんに自分の気付いたことを一言もおっしゃらなかった……きっと奥さんを責めるおつもりはなかったんです」

「……そうですね」

門野澄夫も古書を欲しがりはしたが、自分に罪を着せた義理の姉を最後まで非難しなかった。これは兄弟が望んだ解決だ。もう俺たちの出る幕ではない。篠川智恵子の出した「問題」をこの人は見事に解いたわけだ——。

（……まさか）

突然、全身がざっと総毛立った。「問題」を出すぐらいなら、解答も知っていたんじゃないか？　娘よりも洞察力のある篠川智恵子が、なにも気付かなかったなんてありえない。それこそ門野久枝のちょっとした態度から、すぐ真相に辿り着きそうなものだ。さっき栞子さんがやったように。

もしすべてを知っていたとしたら、自分が原因で起こった門野家の人々の行き違いや仲違いを、何十年もの間ただ放っておいたことになる。俺にはなによりもそれが恐ろしかった。

首を振って考えを振り払う。それこそ俺の出る幕ではない。終わったことだ。

とにかく、今は店に戻った方がよさそうだ——と、突然すぐ目の前に傘の柄が差し出された。

「なんですか、これ」

「す、すみません……持って、いただけますか？」

俺たちは坂を下っている。杖を突きながらでは歩きづらいのかもしれない。ふだん荷物を持つと申し出ても頑として渡してくれないので、つい俺の方も慣れてしまっていた。こっちから言うべきだった。

「いいですよ」

と、傘を受け取った途端、もう一方の手に柔らかいものが触れた。

「えっ……」

彼女が俺の手を握っていた。うつむいたまま耳まで真っ赤になっている。余計なことを考える余裕もなく、俺もその手を握り返した。

「わたし、母に会います」

目を見てくれなかったが、声ははっきりしていた。

「でも、ちゃんと帰ります……必ず、帰ってきますから。この手の届くところに」

いつかこの人が母親に連れていかれるんじゃないか——俺はそういう不安を抱いている。告白した時もそうだった。口にした憶えはなかったが、いつのまに伝わったんだろう。

ひょっとすると、これは彼女自身の不安でもあり、俺ではなく自分に言い聞かせているのかもしれない。

「分かってます」

たぶん、分かっていると思う。

坂を下りたところで、また雨が降り始めた。俺たちは無言で手を離し、それぞれの傘を差した。狭い路地を通り抜けると、もうモノレールの駅が見えていた。

「あ……」

栞子さんが声を上げる。視線の先を追った俺も息を呑んだ。ホームへ上がる階段に人が立っている。白いレインコートを着た髪の長い女性だ。淡い色のサングラス越しにまっすぐこちらを見つめている。相変わらずシルエットは娘と瓜二つだった。

どうやってこちらの動きを知ったのか、まったく見当もつかなかった。まさかこんなに早く現れるとは。栞子さんは杖を突いて横断歩道を渡り、屋根の下にいる母親と向かい合った。駅への入り口はここにしかない。

「ずいぶんゆっくりだったわね、栞子」

篠川智恵子は言った。

7

俺たちはがらんとしたホームでモノレールを待っている。雨足はさっきより強くなっていた。

俺は上りで大船へ戻り、母娘は江ノ島（えのしま）へ向かう下りに乗ることになった。篠川智恵子の提案だ。もちろん俺が一緒に行くことはできない。二人だけの話し合いだった。

「澄夫くんは『われに五月を』を持って帰ったの？」

母親は機嫌がよさそうだったが、娘の表情は硬かった。

「……ええ、さっき」

「そう。それなら一応は合格ね。時間はかかったけれど」

どういう経緯で持って帰っていったのか訊こうともしない。さっきの疑問が頭をもたげてくる。やっぱり真相を知っていたんじゃないのか——それをずっと放置し続けていたんじゃないのか？

突然、彼女は俺の顔に目を向ける。眉間の奥にまで視線が入りこんでくるような気がする。ほとんど無意識に息を止めていた。

「五浦くん、わたしに質問があるの？」

「……いえ、別に」

今さら尋ねても仕方のないことだ。すると、篠川智恵子の口元にうっすらと笑みが広がった。

「もちろん、全部知っていたわよ」

背筋がひやりとした。もちろん質問など口にしていない。当てずっぽうで答えただけなのか？　そうじゃなかったとしたら、どうして俺の考えてることが分かるんだ？

「あら、それを知りたかったんじゃないのかしら。あなたならそこに疑問を持つと思ったけれど」

俺は黙っていた。ポーカーフェイスを保っていたわけではない。また考えを見透かされそうで、なにも反応できなかっただけだ。いつのまにか手のひらにじっとり汗をかいていた。

上りのモノレールがホームに入ってきて、ブザーとともにドアが開いた。

「大輔さん」

栞子さんが声をかけてきた。

「遅くならないように帰りますから」

さっきの不安が再び頭をかすめる。篠川智恵子と二人きりにして本当に大丈夫なのか——いや、二人だけで話すと決めたのはこの人だ。俺が信じないでどうする。

背後で警笛が鳴る。もう時間がない。俺は顔を上げて、彼女と見つめ合った。

「店で待ってます！」

言えたのはそれだけだった。飛び乗った瞬間にドアが閉まり、モノレールが走り出す。ホームにいる彼女が景色と一緒に背後へ流れていった。

大船駅でモノレールを降りた俺はＪＲの改札口へ向かう。母娘が今頃なにを話しているのか、そればかり考えていて気付くのが遅れた。改札口前の通路を横切ろうとした時、派手なアロハシャツの柄がようやく視界に入った。

「えっ？」

目の前にある駅舎の柱にもたれて、門野澄夫が立っている。誰かと待ち合わせている様子だった。

「……君らもモノレール使ってたのか。てっきり車で行ったのかと思ったよ」

ここで会うと思っていなかったらしく、照れくさそうに笑った。

「店の車、修理中なんです」

と、俺は答える。この男に振り回された数日間だった。本人の言ったとおりろくでもない人間だが、俺の中で反感は多少やわらいでいた。無実の罪を着せられていたと分かったせいかもしれない。まあ、着せられた罪は一つで、他の罪はすべて確定しているが。

「あれ、栞子くんは」

「ちょっと人と会ってます」

「そうなんだ」

あまり興味を示さずに、改札口を気にしている。栞子さんが母親と会っていることを知らないらしい――ふと、男の足下を見ると、とんでもなく大きな布のバッグが置いてあった。

「海外旅行にでも……」

行くんですかと続ける前に、門野澄夫が大きく手を挙げた。

「おーい！　ここ、ここ！」

場違いな大声に、通りすぎる人々が一斉に振り向く。改札口の向こうから、若い女が手を振りながら近づいてくる。たぶん年齢は俺と同じぐらいで、近所のコンビニに行くようなジーンズとパーカーを着ていた。長い黒髪と眼鏡が目を惹く。

「俺のよく行く飲み屋でバイトしてる大学院生。寺山の大ファンで、修論のテーマも寺山にしたんだってさ」

門野澄夫が小声で説明する。彼女は俺たちの前で立ち止まってきちんと挨拶する。間近で見ると意外に面長（おもなが）で、頬にはそばかすの跡が残っている。いかにも金に苦労している学生という印象だった。

二人のやりとりは親しげだがあっさりしている。どう高めに見積もっても友達以上の関係ではなさそうだ。

「悪いねえ、呼び出して……ほら、約束のもの。『われに五月を』」

さっき古書を入れた紙袋を手渡す。この人に売るつもりだったのか。というか、もう売るのか。深沢の家を出てからまだ一時間も経っていないのに。

「うわ、ありがとう」

彼女は笑顔で受け取ったが、声や表情には戸惑いも混じっていた。

「一応、中身確認して」

彼女はぐっと眉を寄せて紙袋から中身を出した。グリーンの表紙が現れたとたん、ぱっと目を輝かせた。表情の豊かな人のようだった。

「すごい……これ、本当に本物ですよね」

「本当に本物だよ。古本屋さんが保証するから」

と、俺を指差した。

「北鎌倉のビブリア古書堂の五浦です。初めまして」

いきなり話に巻きこまれて、仕方なく挨拶した。

「この店からうちの兄貴が買って……死ぬ前に形見として俺にくれたんだよ」

俺は黙っていた。間に起こったことをかなり省略しているが、一応嘘ではない。

「あ、いけね、それは俺の持ち物だ」

大学院生は袋から例の軍艦の絵と写真を引っ張り出そうとしている。門野澄夫はそれをつまみ上げて、ジーンズのポケットに仕舞いこんだ。

「……門野さん」

と、彼女が言った。今度は真剣な顔つきだった。

「そんな大事なものなのに……本の代金、千円でよかったんですか？」

「えっ！」

声を上げてしまった。詳しい古書価は知らないが、状態のいいものは何十万円もの売り値になるはずだ。それに署名本でもある。千円なんてただでプレゼントするようなものじゃないか。

「いいんだって。俺が金出して買ったもんじゃないしさあ……本当にこの本好きな人が、大事に読んでくれれば」

「もちろん！　大事にします。ありがとうございます！」

彼女は何度も頭を下げる。この男は金のために欲しがっていたわけではなかった。

「大事に読んでくれるファン」にプレゼントするつもりだったのだ。

でも、どうしてそのことを誰にも話さなかったんだろう。

「今日、これからバイトあるんだろ。そろそろ行った方がいいんじゃないの」

門野澄夫に促されて、彼女は我に返ったようだった。駅の電光表示板を確かめて、残念そうに眉を寄せた。

「うん……せっかく貰ったのに、立ち話だけでごめんなさい。門野さんも元気で……新しい住所が決まったらメールして」

「分かった……メールするよ」

彼女は大事そうに古書をバッグに仕舞うと、何度も手を振りながら自動改札機を通っていった。後ろ姿が見えなくなってから、俺は口を開いた。

「引っ越すんですか」

「あれっ、言わなかったっけ……沖縄へ行こうと思ってさあ。家はまだだけど、もう仕事は見つけてあるんだよ。俺、前々から南の町に住みたかったんだよねえ。暖かい土地の方が好きだから」

ふと、門野澄夫の顔から笑みが消える。さっき義姉に別れの挨拶をした時と同じ、真面目な表情だった。さっきの挨拶は本気だったのかもしれないと思った。

「ここで見聞きしたこと、うちの家族や栞子くんには言わないでくれよ。知られたくないんだ」

「えっ、どうしてですか」

機会があれば話すつもりだった。この男を見る目も多少変わるはずだ。

「知らない方が俺と距離を置きやすいだろ。誤解されてるぐらいがちょうどいいんだよ。ほら、言うだろう。『誤解でしあわせになれるなら、誤解で満足できるなら、僕は誤解を愛する』って……」

「それも寺山修司ですか？」

「……を、いい加減に引用してるだけ。俺の言うことなんか、信用しちゃ駄目だぜ。君の働いてる店にとっちゃ、俺は盗品を持ちこんだ泥棒なんだから」

少しこの男のことが分かった気がする。さっきの女性はどことなく栞子さんに似ていた――いや、彼女の母親に、と言った方がいいかもしれない。

二人の兄と同じように、この男も篠川智恵子に憧れていた。瓜二つ(うりふた)の娘が慣れない古書店経営で苦しんでいれば、放っておけなくなっても不思議はない。

うちに売った本の多くは盗品だったが、盗品がすべてでもなかった。最初はまともに彼女を助けようと、自分の本を売っていたが、それも続かなくなって――一線を超えてしまったんじゃないのか？

どうせ訊いても真面目に答えてくれないだろう。なにしろ誤解を愛すると言っている人間だ。

「誰にも言わないでおきます」

と、俺は言った。

「でも、住所ぐらいは知らせた方がいいんじゃないですか」

しばし考えて、門野澄夫はうなずいた。

「分かった……知らせるよ」

意外に素直な返事だった。さっきあの女性にメールすると言った時と、まったく同じ口調なのが気になったが。

それからしばらくして、俺は『われに五月を』の再版を手に入れた。目まいをこらえながら、何日もかけて最後まで読み切った。短歌や俳句が多かったのが幸いした。本を読了するなんて久しぶりだった。

いかにも若い人間の書いた作品集という感じだった。本当に若かったんだから当たり前だが。もちろん作品の解釈なんてできないが、俺にとってはいい本だった。言葉を紡ぐ喜びと自信に満ちているような。

あとがきのような終わりの文章が、ふと目に留まった。

……そしていま僕の年齢は充分である。この作品集をそうした『生活を知覚できずに感傷していた』僕への別れとするとともにこれからの僕の出発への勇気としよう。僕は書を捨てて町へ出るだろう……

俺は門野澄夫のことを思い出した。貴重な初版本を置いて、遠い南の町へ出発していった男――その連想も正しいのかどうか分からない。あの男が口にしたような、いい加減な引用だ。

あの日改札口で俺と別れてから、彼の消息はまったくつかめなくなった。

もちろん家族にも、誰にも連絡はないそうだ。

断章Ⅲ　木津豊太郎『詩集　普通の鶏』（書肆季節社）

　無数の雨滴が窓ガラスに斜めのラインを引いている。わたしは下りのモノレールで母と向かい合わせに座っていた。乗客はわたしたちだけだ。二人きりになってから、まだなにも言葉を交わしていない。交差するように置かれた二本の傘から水が滴り落ち、ささやかな池を作っていた。

　わたしは自分の手のひらを見下ろしている。さっき大輔さんと繋いだ手。まだ温もりが残っている。

「どうしたの、栞子」

　視界の外から母の声が聞こえた。

「五浦くんに手でも握ってもらった？」

　うつむいたままそっと唇を噛む。母はちょっとした目の動きやしぐさ、呼吸の速さや間の取り方で、他人の心を読むことに長けている。素早く一冊の本をめくって、拾い上げたキーワードから内容を把握するように。これもただの質問ではなく、わたしの心に挟んだ栞のようなものだ。なにかを言い返せば、そこからより多くのわたしを読み取ってしまう。

子供の頃のわたしは母が大好きだったけれど、他人が口にする言葉の行間を読み取り、心の奥底まで知り尽くそうとする母の習癖にどうしてもなじめなかった。だから母の前では本以外のことを話さないようになった。もともと黙っている方が性に合っていたせいで、他の人の前でも無口になり、意思疎通の苦手な今のわたしが出来上がった。

「今、なにを読んでいるの？」

昔わたしと話したい時、母が会話の足がかりにしていた質問だ。ようやく顔を上げて、トートバッグから一冊の本を取り出した。木津豊太郎『詩集　普通の鶏』。一九八三年刊行の限定三百三十三部。函もパラフィンもない裸本で、他の店の均一台で見つけたものだ。読み終わったら大輔さんに感想を話すつもりだった。

「あら、懐かしい。素敵な詩集よね」

母は顔をほころばせる。やっぱり読んでいた。世間ではほとんど知られていないはずだし、わたしも読むのは初めてだったのに。

「ソレハ存在スルコトノ青イ月夜デアル　ソレハ存在シナイコトノ白イヨットデアル　彩色サレナイ空間ハ発見サレナイ空間デアル　ケレド彩色サレタ空間モマタ発見サレナイ空間デアル　彩色サレナイ群島ハ発見サレナイ群島デアル　ケレド彩色サレタ群島モマタ発見サレナイ群島デアル……」

すらすらと暗唱を始める。題名は「ソレハ存在スルコトノ青イ月夜デアル」。わたしが特に気に入っている詩だ。録音された自分の声を聞いた時のような、違和感と懐かしさがこみ上げてきた。

「……バケツハギタアヲ含マナイ　他人ノ他人ヲ含マナイ　自分ノ自分ヲ含マナイ　漠然ト海ヲ感ジル　出テイク　ケレドマタ戻ッテクル　オ母サン　ト呼ンデモ見ル　入口ト出口ハナゼ同ジナノ……」

その間にもモノレールは山間を走っている。海まではまだ距離がある。深く息を吸いこんだ。母親を呼び出したのはわたしだ。こちらから話さなければならない。

「わたしは……」

母の暗唱が止んだ。二つの目がさっそくわたしを読み取ろうとし始める。構わない。そうしたければそうすればいい。もうなにも隠すことはない。

「わたしは、大輔さんのことが好き……大好き」

口にしたとたん、薔薇色の気持ちが溢れてくる。退院する前、彼が店を一度やめてしまった時から胸にあった気持ち。言葉にするのが恐ろしいようで、ずっと奥の方に仕舞いこんで過ごしてきた。彼から好きだと言われた時、この九ヶ月で膨れあがった大きな蕾にやっと名前がついた。

「それで、付き合うの？」

「……お付き合い、します」

「ただ、寝るだけではなくて？」

「なっ……」

生々しい響きにわたしはひるんだ。かっと熱くなった体が震えて、動揺を隠すどころではなくなった。

「ち、ちっ、違います！　こ、こい、恋人として……お付き合い、するんです」

そして時間が経って、お互いの気持ちがそのままだったら、結婚するかもしれない。彼もそれでいいと言ってくれた。

「報告するためにわたしと会いたかったの？」

「……いいえ」

そんなことで返事を待たせたりしない。わたしをためらわせたきっかけは、先月差し出された母の手だった。鶴岡八幡宮(つるがおかはちまんぐう)の二の鳥居の前で、旅に出ましょう、乱歩の未発表の直筆原稿を見に行きましょうと誘ったあの手――大輔さんに名前を呼ばれなければ、たぶんその手を取っていたと思う。

知識への渇望と感性の赴(おもむ)くままに、すべてを投げ出してしまうこの人の血が、わたしの体にも流れている。いつか誘われるまでもなく、どこかへ姿を消してしまう日が来るかもしれない。

「お父さんとのことを知りたいんです」

と、わたしは言った。

「どうして結婚することになったのか……本当はどういう関係だったのか……」

あの店を守り、二人の娘を養う父の背中を十年間見てきた。妻のことをほとんど語らなかったから、怒っているのかもしれないと思っていた。でも、そうではなかった。結婚する前に贈られた『たんぽぽ娘』を何度も読み返していた。

たぶん、この人のことをずっと想い続けていた。

「わたしたちのような結果を招かないために、過去について知りたいというわけね……なんだ、そんなこと」

「大事なことです……わたしにとっては」

怒りを抱いていたならまだ救われた。でも、ただこの人を待ち続けていただけなら、十年はあまりにも長すぎる。

わたしの目には今の大輔さんの背中が、父の背中に重なる。わたしがいなくなった後も、黙々と働き続ける彼の姿を想像すると、それだけで身が凍るようだった。

「ちょうど三十年前の桜の時期だった。彼から交際と結婚を同時に申しこまれたの。一生懸命説明してくれたわ。出会った時の印象や、わたしをかけがえなく思う気持ちを……そういうお父さん、想像できないでしょう？」

うなずくしかなかった。わたしや文香の知っている父とはまるで違う。そんな情熱的な一面があったなんて。

「わたしも悩んだわ。今のあなたの悩みに近いかしら。ある日突然、自分が姿を消す予感があったの。生まれ育った土地を離れて、はるか彼方へ赴いてしまう……わたしたちにはそういう気質があるのよ。考える時間が欲しかったから、五月の末まで待ってもらった」

ぎくりとする。今のわたしとまったく同じことをしている。まるで示し合わせたように。

「結局、五月三十一日までかかった。あの日のことは今でもはっきり憶えているわ。

わたしたちは定休日に店で働いていたの。ちょうど、カウンターの中でブローティガンの『愛のゆくえ』を値付けし終わったところだった……」

新潮文庫版、とわたしは思った。当時はまだ絶版になっていない。きっと均一台に出したはず。

「『返事を聞かせて下さい』と言われて……年上だった彼が緊張して、敬語になっているのが可笑しかったわ。あなたとお付き合いしますと答えたの。あなたがよかったら結婚しても構いません、と……でも、一つだけ条件を出した」

「条件？」

「いつかわたしはあなたの前から突然いなくなるかもしれない。五年後か、十年後か、前触れも跡形もなく……それでもよければしばらく一緒にいましょう、そう言ったわ」

強い怒りと同時に、かすかな羨望も覚えたことを否定できない。好きな人がそんな風に自分を受け入れてくれたら、どんなにいいだろう。

「そんな……お父さんは……？」

「構わない、君がいなくなったらずっとここで君を待つ、と言ってくれた。彼はその言葉どおりにしてくれたのよ」

わたしは拳を握りしめる。この人は自分をなにも変えずに、ただ自由に振る舞うことを望んだ。そんな勝手な条件を父が受け入れてしまった。

「でも、わたしや文ちゃんを捨てていったでしょう。約束なんか知らないわたしたちまで巻きこんで……」

「確かにあなたの言うとおりよ。わたしは失敗したわ。だからこそ、あなたにはその轍（てつ）を踏まないで欲しい」

「え……」

一瞬、黒々とした違和感が額をよぎる。その源を探る前に、母は朗々と話し続けた。

「結婚する必要はなかったのよ。どうせ結果は変わらなかったんですもの。寂しく、悲しい思いをさせただけだった……たった一人、心を許した男性に」

大輔さんの悲しげな顔を想像するだけで、ずきりと胸がうずいた。

「あ、あなたが……出て行ったりしなければ、済んだことでしょう？」

「ええ。そうだったわ。わたしがわたしでなかったら……優しい夫とかわいい娘たちに囲まれていれば、本なんて手に取らずに満足できる女だったら……あなたはどうかしら、栞子。一冊でも多く読みたい、より多く、より深い知識を手に入れたい、そういう欲求を持っていないと言いきれるの？」

「そ、それは……でも……」

「五浦くんとこれからどうするのか、あなたは決断していないわ。本当はまだ迷っている……彼に返事をする前に、わたしと話したがったのがなによりの証拠よ。あなたは愛よりも深いところにある、胸の奥の本音を知ろうとしているだけ。あなたが目を背けたい、もう一人の自分から」

不意に窓ガラスが真っ黒に染まった。意外なほど長い、息苦しいトンネルを抜けると、空はさっきより暗い色に変わっていた。

「あなたなら他人の心の奥まで読むことができる。そういう人間には愛というものを自分自身で味わう必要はないわ。ただ知識の一つとして蓄えればいい……さっきあなたは門野さんのところで、一つの恋愛がもたらした秘密を知ったでしょう？　人の感じること、思うことはすべて、読むものでしかないのよ」

いつのまにか、母の声にあまり違和感を覚えなくなっていた。突然、目の前に駅のホームが現れる。いつのまにか終点に着いていた。

「海を見に行きましょう。あなたと二人で行くなんて、久しぶりだわ」

促されてシートから立ち上がる。杖を突いてホームに降りるわたしを、母は少し離れたところから凝視していた。そして、案内するように先に立って歩き出す。

「今はなにも考えなくていいのよ。急いで結論を出す必要もないわ……ただ、より多くのことを知ってくれれば。門野さんの件をお願いしたのも、そういう理由からよ。人と深く交わらなくても、人の心を知る力がわたしたちには備わっている」

漠然ト海ヲ感ジル——唇だけでつぶやいた。海までは歩いていける距離にある。

わたしたちは駅の出口に向かっていた。

「そういえば『押絵と旅する男』の第一稿の顚末もまだ話してなかったわね……面白いことになったのよ、とても」

くすくす笑いながら階段を下りかけて、まだ上にいるわたしを振り返った。そして、まっすぐに手をさしのべる。

「よかったらつかまって。杖だけでは、危ないでしょう？」

なぜか足下がふらついて、わたしの体は不安定になっていた。雨のせいか階段の下は薄暗く、まるで深い穴の縁に立っているようだった。出口というよりは入り口だ。

（入口ト出口ハナゼ同ジナノ）

頭の中で誰かがつぶやいた。わたしは背後のホームを振り返った。これから上りとして大船へ戻る車両があった。

（出テイク　ケレドマタ戻ッテクル）

暗唱の声が急にはっきりした。とてもよく知っている声だった。

「大輔くん……」

そういえば、遅くならないように帰ると約束した。海に行けばすぐには帰れない。

『普通の鶏』の感想も彼に話すつもりだった。

ふわふわしていた地面が硬い感触を取り戻す。湿った風の冷たさを頬に感じた。

わたしは母を見下ろす。鮮やかな白のレインコートを着た母は美しかった。残念そうな苦笑いから、また旅に誘われていたと気付いた。たぶん、知識以外のすべてを捨ててしまう旅に。

「お母さん」

と、呼んでもみる——十年ぶりに。どういうわけか、涙が溢れそうになった。

「わたし、確かに迷っていたかもしれない。いつか自分がお母さんとそっくり同じ人間になって、大切な人を傷つけてしまう……それをなによりも恐れているから」

母はなにも言わない。ただ、わたしの視線を受け止めているだけだ。

「でも、万が一最後はそうなったとしても、その前になにかを変えられるよう、努力する人間でありたい。きっとそういうわたしを、大輔くんも望んでいると思う……そう信じているわ」

階段の下からひときわ冷たい風が吹いた。まるで誰かに呼ばれたように、母は駅の出口の方を振り返った。

「今日は、海へ行かない方がよさそうね、あなたは」

コートのポケットに手を入れて、彼女はゆっくりと階段を下り始める。凛とした後ろ姿からわたしは目を離せなかった。

「……ここに残るのなら、気を付けなさい」

最後に聞こえたその言葉がいつまでも耳の中で響いた。一体、なにに気を付けろと言うんだろう？

この時はまだ、分からなかった。

エピローグ　リチャード・ブローティガン『愛のゆくえ』(新潮文庫)

門野家からビブリア古書堂に戻ってしばらくすると、雨が止んで西日が姿を現した。俺は均一台にかかっていたビニールカバーを外し、ついでに回転式の看板も雑巾で軽く拭いた。作り直してから日は浅いが、最近少し汚れが目立っていた。

店にいるのは俺一人だ。再びカウンターの中に入ってから、ガラス戸を閉め忘れたことに気付いた——が、そのまま文庫本の値付けを続けた。どうせもうすぐ閉店作業なので、その時に閉めればいい。ちょうどいい風が吹いてくる。

本の値付けと書いたのは間違いではない。最近、売り値の安いものについてはやらせてもらっている。もちろん、後で店主の厳しいチェックも入るのだが。トレーニングみたいなものだ。

俺は最後の一冊を手に取る。ブローティガンの『愛のゆくえ』新潮文庫。昭和五十年発行の初版。状態はかなり悪いが、ひょっとすると絶版文庫かもしれない。もしそうなら、多少値を付けても——。

「それは安くしていいです。ハヤカワｅｐｉ文庫から復刊されているので」

顔を上げるとカウンターの向こうに栞子さんが立っていた。緑の薄いコートをふわりと羽織り、夕日を背にした彼女は息を呑むほど美しかった。

「大輔くん、ただいま」

「お帰りなさい。これ、どういう小説なんですか……小説ですよね？」

「一九七一年に発表されたアメリカの小説です。特殊な条件に合う本だけが集められた奇妙な図書館が舞台で……そこに住みこみで働く主人公の男性の前に、ある日完璧な容姿の美女が現れるんです。独特の雰囲気を持った、幻想的な物語です」

完璧な容姿、と聞いて栞子さんを見てしまった。ここは図書館ではないし、住みこんでいるのは男ではなく美女の方だが。

「……ちょっと状態悪いですし、均一台に出すしかないですね」

平静を装って本を閉じる。自分への呼び名が「大輔くん」に変わったことに、もちろん気付いていた。最近、俺たちをくん付けで呼ぶ人と立て続けに会ったので引きずられたんだろう。「大輔くん」の方が親しげで嬉しい。このまま定着することを願った。

「大輔くん」

「はい」

こみ上げる笑みをうつむいて隠し、品出しする文庫本を積み上げる。

「今までお待たせして、ごめんなさい……あの、わたしと……お付き合いして、下さい……」

一瞬、全身の動きが止まった――今、告白の返事らしいものを聞いた気が。

「……えっ？」

最初にやったことはカレンダーの確認だった。どう見てもまだ五月は終わっていない。あと五日ほど残っている。バカみたいに壁の方を眺めている俺に向かって、栞子さんはさらに話しかける。

「そっ、その……わたしも、大輔くんが、す、好き、で……」

思わず椅子を蹴って立ち上がる。彼女はびくっと肩を震わせたが、目を逸らそうとはしなかった。まるでそうしないと心に決めているようだった。ただし、顔は真っ赤になっている。

「も、もう一回言ってもらえますか？……よく聞こえなかったんで」

ちゃんと聞こえていたが嘘をついた。よそ見している間に、こんな大事な話が終わるなんてあんまりだ。

「は、はい。大輔くんが…………す、好き…………あの、こっ、今後ともよろしくお願いします！」

堅苦しく頭を下げた。肝心なところは歯軋り（はぎし）りするほど小さな声だったが、これ以上繰り返させると母屋に逃げられそうだ。俺は大きく深呼吸をする。少しだけ気分が落ち着いたが、まったく実感がない。本当に付き合うことになったのか？

「お母さんと話せました？」

「はい」

栞子さんが振り返り、まぶしそうに目を細めた。はるか遠く、山を超えた先にある海を見つめているような気がした。

「わたし、ずっと怖かったんです……自分もいつか母みたいにどこかへ行ってしまう……あなたを置いていってしまうんじゃないかって。そんなことをずっと考えているうちに、返事をするのに時間がかかってしまって……」

「ん？　なんで俺を置いてどこかに行くんですか？」

母親となにを話したのか知らないが、そこでいちいち悩む理由が理解できなかった。あの母親に連れ出されるならともかく、そうでないなら俺の心は決まっていた。

「えっ、だって……大輔くんも知っているでしょう？　わたしの母のこと。十年前に急にいなくなって、ついこの間まで連絡も……」

「いや、俺も一緒に行けばいいじゃないですか」

彼女はぽかんと口を開けた。ここまで呆けた顔をするのは珍しい——そんなにおかしなことを言っているつもりはなかった。それともちゃんと伝わってないのか？　俺は咳払いをして話を続ける。

「栞子さんが追いかけたいほど面白いもんなら、俺にとってもきっと面白いですよ。それに、どこへ行ったってどうせ古書店をやるんでしょう？　店員は必要じゃないですか。俺にとっても古書の勉強になるだろうし……あの、駄目ですか？」

きちんと説明したつもりだったが、反応がないので心配になってきた。

「ま、まあ、どうしても素人を連れていけないとか、そういう状況だったら話は別ですけど……どうしてもってわけじゃなくて、なんていうか、栞子さんが嫌じゃなかったらの話……」

いきなり、杖を嵌めていない方の栞子さんの手が伸びてきた。カウンター越しにエプロンの胸元をつかまれ、ぐいと引き寄せられる。同時に彼女自身も身を乗り出してきた。今にも泣き出しそうな顔がすぐ目の前にあった。

「嫌なわけ……嫌なわけないです……」

かすれた涙声が唇から洩れる。それから、潤んだ瞳が瞼の下に隠れた。細い顎を上げたまま、彼女はじっと待っている。さすがに俺でもなにを求められているか分かった。熱い頬に手を添えて、自分の顔を近づけていく――。

突然、表のガラス戸がびしりと鋭い音を立てて震えた。俺は彼女から体を離して、慌ててカウンターの向こうへ回りこんだ。今まで耳にしたことのない音だった。

なにか普通ではないことが起こっている。入口に人の姿はなかったが、誰かがついさっきまでここにいたのは明らかだ。

ガラスの一枚に放射状のひびが入っていた。石かなにかをぶつけられたのだろう。警戒しながら店の外へ出て、あたりを見回す。駅のホーム沿いにある道路にはまったく人影がなかった。

ふと、均一台の上に二つ折りの紙が置かれていることに気付いた。それを拾って店の中に戻る。カウンターのそばに立っている栞子さんが表情をこわばらせていた。

「どうでしたか？」

「ガラスになんかぶつけた奴は逃げたみたいです」

「その紙は？」

「外に置いてありました……なんだろう」

折られた紙をひっくり返すと宛名がある。手紙だったらしい。

篠川栞子へ

直筆ではなく印刷された文字だ。差出人は分からなかったが、嫌な予感がしてならない。俺はゆっくりと紙を開く――。

「あ……」

栞子さんは小さな悲鳴を上げる。俺は手の震えを抑えるのに苦労していた。手紙の本文は一行だけだ。

『晩年』をすり替えたお前の猿芝居を知っている。連絡しろ。

日の暮れかけた病院の屋上で燃え上がる一冊の本が脳裏をよぎった。太宰治『晩年』の初版本を守るために、復刻版とすり替えて燃やした栞子さんのトリックに気付いたのは俺だけのはずだった。

他には誰も知らない、ずっとそう思いこんでいた。

しかし真相に気付きかねない者が他にもいた。あの時病院の屋上にいたもう一人の人物。今は保釈中である程度の行動の自由があり、栞子さんに強い憎悪を抱いても不思議はない男。

本文の下には差出人の名前があった。

田中敏雄――かつて彼女に深い傷を負わせた張本人だった。

参考文献（敬称略）

『彷書月刊』（弘隆社・彷徨舎）
田村治芳『彷書月刊編集長』（晶文社）
組合史編纂委員会編『神奈川古書組合三十五年史』（神奈川県古書籍商業協同組合）
高野肇『貸本屋、古本屋、高野書店』（論創社）
手塚治虫『ブラック・ジャック』（秋田書店）
手塚治虫『BLACKJACK　Treasure　Book』（秋田書店）
手塚治虫『BLACKJACK　ILLUSTRATION　MUSEUM』（秋田書店）
手塚治虫『ミッドナイト』（秋田書店）
手塚プロダクション監修・中野晴行編『BLACKJACK　ザ・コンプリートダイジェスト』（秋田書店）
手塚プロダクション監修・山本敦司編『BLACKJACK　300STAR'S　Encyclopedia』（秋田書店）

手塚プロダクション編『手塚治虫全史』（秋田書店）
『週刊少年チャンピオン』（秋田書店）
『手塚ファンMagazine』（手塚治虫ファンクラブ）
『別冊太陽　手塚治虫マンガ大全』（平凡社）
夏目房之介『手塚治虫はどこにいる』（ちくまライブラリー）
桜井哲夫『手塚治虫　時代と切り結ぶ表現者』（講談社現代新書）
『別冊宝島二八八号　70年代マンガ大百科』（宝島社）
朝日新聞学芸部『出版界の現実』（みき書房）
佐藤敏章『神様の伴走者　手塚番13+2』（小学館）
一億人の手塚治虫編集委員会編『一億人の手塚治虫』（ＪＩＣＣ出版局）
安藤健二『封印作品の謎』（太田出版）
赤田祐一・ばるぼら『消されたマンガ』（鉄人社）

参考文献（敬称略）

栅島次郎『精神を切る手術』（岩波書店）

ハロルド・I・カプラン／ベンジャミン・J・サドック

『カプラン臨床精神医学ハンドブック』（医学書院MYW）

ハロルド・I・カプラン／ベンジャミン・J・サドック／ジャック・A・グレブ

『カプラン臨床精神医学テキスト』（メディカル・サイエンス・インターナショナル）

寺山修司『われに五月を』（作品社）

寺山修司『寺山修司全歌集』（講談社学術文庫）

寺山修司『書を捨てよ、町へ出よう』（芳賀書店）

寺山修司『続 書を捨てよ町へ出よう』（芳賀書店）

寺山修司『寺山修司著作集』（クインテッセンス出版）

寺山修司『寺山修司の忘れもの』（角川春樹事務所）

寺山修司『作家の自伝40　寺山修司』（日本図書センター）

寺山修司『現代の青春論』（三一新書）

寺山修司『家出のすすめ』（角川文庫）
寺山はつ『寺山修司のいる風景　母の蛍』（中公文庫）
九條今日子『ムッシュウ・寺山修司』（ちくま文庫）
田中未知『寺山修司と生きて』（新書館）
塚本邦雄『麒麟騎手　寺山修司論』（沖積舎）
中井英夫『定本　黒衣の短歌史』（ワイズ出版）
『寺山修司記念館①〜②』（テラヤマ・ワールド）
『現代詩手帖　1983年11月臨時増刊　寺山修司』（思潮社）
風馬の会編『寺山修司の世界』（情況出版）
小菅麻起子『初期寺山修司研究』（翰林書房）
小菅麻起子編著　九條今日子監修『寺山修司　青春書簡』（二玄社）
小川太郎『寺山修司　その知られざる青春』（中公文庫）

参考文献（敬称略）

高取英『寺山修司　過激なる疾走』（平凡社新書）

高取英『寺山修司論』（思潮社）

長尾三郎『虚構地獄　寺山修司』（講談社文庫）

出久根達郎『作家の値段』（講談社）

ブローティガン『愛のゆくえ』（新潮文庫）

小沼丹『黒いハンカチ』（創元推理文庫）

木津豊太郎『詩集　普通の鶏』（書肆季節社）

あとがき

あとがきを書くのは十ヶ月ぶりです。少しでも早く書こうと努めていたのですが、前巻からかなりの時間が経ってしまいました。楽しみにして下さっていた方、お待たせしてしまって申し訳ありません。

『ビブリア』を書いているとにかく本が増えます。もちろん理由があって買っているつもりですが、作中に登場するのはごく一部です。同じ書名の本でも増えます。例えば今回二話で取り上げた手塚治虫『ブラック・ジャック』。あくまで仕事のための資料中心と肝に銘じて買い集めていったのですが、書き終わった後に数えてみると、旧チャンピオンコミックス版だけでも七十冊ぐらいになっていました。ちなみに全二十五巻です。もちろん『ビブリア』の中にはそんなに出てきません。

関連書籍を含めるとさらに膨大な数になります。毎度毎度どうしてこうなるのか、いい機会なので振り返ってみますと「資料になるかどうか分からないけれど念のため買っておこう」の積み重ねでした。「念のため」が原因だったのです。

とはいえ、「念のため」は非常に重要です。「念のためとか思って買ったけど……これは使わんだろうな」と思った本が、結果的にバンバン登場することが多々あります。一見無駄なものでもとにかく一度は手に取らざるを得ません。当然スペースが足りなくなっていきます。

色々悩んだのですが『ビブリア』を書いている間、資料が増え続けるのは自然の摂理だと思って諦めました。人間の立ち入らない大地にいつしか緑が生い茂り、生き物たちの生命が育まれるようなものです。ちっぽけな人間の意志など関係ありません。誰の責任でもないのです。本棚は買い足せばいいのです。

さて、前の巻のあとがきでも書いたように、物語は折り返し地点を過ぎて終盤に入っています。五巻の執筆と並行しながら、六巻以降の取材や資料集めもしています。次こそはもっと短い間隔でお届けできればと思っています。

引き続きお付き合いいただければ嬉しいです。よろしくお願いいたします。

三上延(みかみえん)

三上 延　著作リスト

ビブリア古書堂の事件手帖～栞子さんと奇妙な客人たち～（メディアワークス文庫）
ビブリア古書堂の事件手帖2～栞子さんと謎めく日常～（同）
ビブリア古書堂の事件手帖3～栞子さんと消えない絆～（同）
ビブリア古書堂の事件手帖4～栞子さんと二つの顔～（同）
ビブリア古書堂の事件手帖5～栞子さんと繋がりの時～（同）

ダーク・バイオレッツ1～7（電撃文庫）
シャドウテイカー1～5（同）
山姫アンチメモニクス1～2（同）
天空のアルカミレスⅠ～Ⅴ（同）
モーフィアスの教室1～4（同）
偽りのドラグーンⅠ～Ⅴ（同）

本書は書き下ろしです。

メディアワークス文庫

ビブリア古書堂の事件手帖5
～栞子さんと繋がりの時～

三上 延

発行 2014年1月24日 初版発行

発行者 塚田正晃
発行所 株式会社KADOKAWA
〒102－8177 東京都千代田区富士見2－13－3
電話03－3238－8521（営業）
プロデュース アスキー・メディアワークス
〒102－8584 東京都千代田区富士見1－8－19
電話03－5216－8399（編集）
装丁者 渡辺宏一（有限会社ニイナナニイゴオ）
印刷 株式会社暁印刷
製本 株式会社ビルディング・ブックセンター

ISBN978-4-04-866226-0 C0193

メディアワークス文庫 http://mwbunko.com/
株式会社KADOKAWA http://www.kadokawa.co.jp/

本書に対するご意見、ご感想をお寄せください。

あて先
〒102-8584 東京都千代田区富士見1-8-19 アスキー・メディアワークス
メディアワークス文庫編集部
「三上 延先生」係

きじかくしの庭
桜井美奈

高校生の少女たちが、涙を流し途方に暮れる場所は、学校の片隅にある荒れ果てた花壇だった。そしてもう一人、教師になり6年目を迎えた田路がこの花壇を訪れる。〝悩み〟という秘密を共有しながら彼らは……。

さ-1-1 182

綾櫛横丁加納表具店 路地裏のあやかしたち
行田尚希

加納表具店の若き女主人・加納環は、掛け軸を仕立てる表具師としての仕事の他に、ある「裏」の仕事も手がけていた――。人間と妖怪が織りなす、ほろ苦くも微笑ましい、どこか懐かしい不思議な物語の数々。

ゆ-1-1 183

綾櫛横丁加納表具店 路地裏のあやかしたち2
行田尚希

環（実は化け狐）が営む加納表具店に足繁く通うようになる洸之介。さまざまな事件に巻き込まれ、また新たな妖怪たちと心を通わせていく――。第19回電撃小説大賞〈メディアワークス文庫賞〉受賞作の待望の続編！

ゆ-1-2 234

サマー・ランサー
天沢夏月

竹刀を握れない天才剣士・天智の運命を変えたのは、一人の少女だった。強引でがさつ、だけど向日葵のような同級生・里佳に巻きこまれ、天智は槍道部に入部する。剣を置いた少年は今、槍を手にし、夏の風を感じる。

あ-9-1 192

絶対城（ぜったいじょう）先輩の妖怪学講座
峰守ひろかず

東勢大学文学部四号館四階、四十四番資料室。妖怪に関する膨大な資料を蒐集する長身色白やせぎすの青年・絶対城阿頼耶（あらや）。彼の元には怪奇現象に悩む人々からの相談が後を絶たない。そして今日も一人の少女が扉を叩く――。

み-6-1 193

絶対城先輩の妖怪学講座 二

峰守ひろかず

四十四番資料室の妖怪博士・絶対城阿頼耶の元には、怪奇現象の相談者が後を絶たない。どんな悩みもたちどころに解決する絶対城だが、織口准教授の誘いで礼音と共に訪れた村で、奇怪な風習に巻き込まれることになり――。

み-6-2　225

絶対城先輩の妖怪学講座 三

峰守ひろかず

文学部四号館の四十四番資料室。そこに収められる膨大な文献は、絶対城の師匠であるクラウス教授から引き継いだものだった。しかし、妖怪学にのめり込む絶対城を危惧したクラウスに、資料室を奪われてしまい――。

み-6-3　249

時槻風乃と黒い童話の夜

甲田学人

母親の顔色を窺いつつ二人で助け合ってきた兄と妹。だが二人の絆の中で、負の想いが膨らんでいき――。「ヘンゼルとグレーテル」「シンデレラ」「いばら姫」など、現代社会に蘇る童話をなぞらえた恐怖のファンタジー。

こ-1-2　250

三ツ星商事グルメ課のおいしい仕事

百波秋丸

ある商社の新人経理部員・山崎ひなのは、毎夜会社の経費で飲み食いしていると噂のお荷物部署、通称「グルメ課」の潜入調査を命じられる。しかしそこには裏の任務があって…。実在の飲食店&メニュー多数登場のおいしいお仕事物語！

ひ-3-1　251

将軍の御台所

アヤンナの美しい鳥

マサト真希

「アヤンナ。僕のなにもかもすべてが、君のものだ」神の呪い子として忌み嫌われ、誇り高くも孤独に生きる醜い魔女の娘と、美しい奴隷の王子。瓦解する帝国の辺境で、二人はあまたの豊かな物語を紡ぐ――。

ま-2-4　252

メディアワークス文庫

ノーブルチルドレンの残酷
綾崎 隼

十六歳の春、美波高校に通う旧家の跡取り舞原吐季は、因縁ある一族の娘、千桜緑葉と巡り合う。二人の交流は、やがて哀しみに彩られた未来を紡いでいって……。現代のロミオとジュリエットに舞い降りる、儚き愛の物語。

あ-3-5 089

ノーブルチルドレンの告別
綾崎 隼

舞原吐季に恋をした千桜緑葉は、強引な求愛で彼に迫り続けていた。しかし、同級生、麗羅の過去が明らかになり、二人の未来には哀しみが舞い降りて……。現代のロミオとジュリエットに舞い降りる儚き愛の物語。激動と哀切の第二幕。

あ-3-6 098

ノーブルチルドレンの断罪
綾崎 隼

舞原吐季と千桜緑葉。決して交わってはならなかった二人の心が、魂を切り裂く別れをきっかけに通い合う。しかし、その未来には取り返しのつかない代償が待ち受けていた。現代のロミオとジュリエット、儚き愛の物語、第三幕。

あ-3-8 132

ノーブルチルドレンの愛情
綾崎 隼

そして、悲劇は舞い降りる。心を通い合わせた舞原吐季と千桜緑葉だったが、両家の忌まわしき因縁と暴いてしまった血の罪が、すべての愛を引き裂いていく。現代のロミオとジュリエット、儚き愛の物語。絶望と永遠の最終幕。

あ-3-9 151

ノーブルチルドレンの追想
綾崎 隼

長きに渡り敵対し続けてきた旧家、舞原家と千桜家。両家の怨念に取りつかれ、その人生を踏みにじられてきた高貴な子どもたちは今、時を越え、勇敢な大人になる。『ノーブルチルドレン』シリーズ、珠玉の短編集。

あ-3-11 228

◇◇メディアワークス文庫

鴨川貴族邸宅の茶飯事
恋する乙女、先斗町通二条上ル
範乃秋晴

京の風情あふれる鴨川ぞいをそぞろ歩き。するとその貴族邸宅が見えてくる。たぶん、あなたは優雅な仕草の執事たちに迎え入れられるだろう。そう、彼らこそ気まぐれな恋に生きる天使と悪魔——そしてとある専門家。

は-1-3
142

鴨川貴族邸宅の茶飯事2
恋の花文、先斗町通二条送ル
範乃秋晴

糺の森や鞍馬山、美しき緑は数あれど京都で一番はかの貴族邸宅の庭園です。それに勝ると噂されるのが4人の執事。天使のような彼らの甘い囁きにはお気を付けください。彼らにはとんでもない秘密がありますので。

は-1-4
185

鴨川貴族邸宅の茶飯事3
亡き花嫁に捧ぐ、送り火の誓い
範乃秋晴

貴船の七夕飾りに、祇園の山鉾——夏の京都の風物詩にも劣らずあでやかなのは、かの執事海宮晴の恋模様だとか。ですが、今回ばかりは勝手が違うよう。彼がこれほど手を焼くお嬢様は前代未聞のようでして。

は-1-5
221

紳堂助教授の帝都怪異考
エドワード・スミス

時は大正。伝統とモダンが共存する帝都東京。若くして帝国大の助教授の肩書を持つ美青年は、博学多才にして超自然的なことにも通じているとか。警察の手に余る事件が彼のもとに持ち込まれることもあるという。

す-2-3
179

紳堂助教授の帝都怪異考 二
才媛篇
エドワード・スミス

女性から熱い視線を注がれる、帝国大助教授の美青年。彼は正統な学問だけでなく、〝魔道〟にも通じているという。異端の知識で青年助教授が解いていく不可思議な事件簿、待望の新作が登場。

す-2-4
211

心理コンサルタント才希と金持ちになる悪の技術

似鳥航一

該博な心理学の知識に、類まれな美貌。だが心理カウンセラー才希の評判は決してよいとは言えない。あざとい手段も平気で用い、悪党に対してはさらに徹底しているとか。悪には悪をという才希の心理テクニックとは!?

に-2-3　241

心理コンサルタント才希と心の迷宮

似鳥航一

臨床心理士を目指し大学に入学した梓。勉学の一助になると勧められ会った青年は、看板とはかけ離れたもぐりのカウンセラーだった。その美貌と軽薄な言動は相当胡散臭い。だが腕前に関しては驚くべきもので?

に-2-1　163

心理コンサルタント才希と悪の恋愛心理術

似鳥航一

胡散臭い看板に、人並み外れた美貌、工藤才希という青年は相当怪しい。だが、その心理学に基づく知識は該博で、一流のカウンセラーだとか。ただ、その願いの叶え方は変わっているので、要注意らしいが——。

に-2-2　197

送り屋
—死者を送る優しく不器用な人たち—

御堂彰彦

想いを残して不慮の死を遂げた人たち。調査員はその死の真実を探ろうとする。〝死者〟本人から聞き取ることによって——。死者と話せる彼らはそれぞれの願いを知り、叶え、送ろうとする。不器用にそして優しく。

お-4-1　222

探偵・日暮旅人(ひぐらしたびと)の探し物

山口幸三郎

保育園で働く陽子が出会ったのは、名字の違う不思議な親子。父親の旅人はどう見ても二十歳そこそこで、探し物専門の探偵事務所を営んでいた——。これは、目に見えないモノを視る力を持った探偵・日暮旅人の、『愛』を探す物語。

や-2-1　053

メディアワークス文庫

探偵・日暮旅人の失くし物

山口幸三郎

目に見えないモノを〝視る〟ことができる青年・旅人が気になる陽子は、何かにつけ『探し物探偵事務所』に通っていた。そんな時、旅人に思い出の〝味〟を探してほしいという依頼が舞い込み――？　探偵・日暮旅人の『愛』を探す物語第2弾。

や-2-2
068

探偵・日暮旅人の忘れ物

山口幸三郎

旅人を慕う青年ユキジは、旅人の〝過去〟を探していた。なぜ旅人は視覚以外の感覚を失ったのか。ユキジの胸騒ぎの理由とは？　目に見えないモノを〝視る〟ことができる探偵・日暮旅人の、『愛』を探す物語第3弾。

や-2-3
094

探偵・日暮旅人の贈り物

山口幸三郎

陽子の前から姿を消した旅人は、感覚を失うきっかけとなった刑事・白石に接近する。その最中、白石は陽子を誘拐するという暴挙に出て!?　旅人は『愛』を見つけ出すことができるのか――。シリーズ感動の完結巻！

や-2-4
107

探偵・日暮旅人の宝物

山口幸三郎

大学時代の友人から旅先で彼女の振りをしてほしいと頼まれた陽子。困惑する陽子だが、その頃旅人は風邪で寝込んでしまっていて――？　目に見えないモノを視ることができる探偵・日暮旅人の『愛』を探す物語、セカンドシーズン開幕。

や-2-5
152

探偵・日暮旅人の壊れ物

山口幸三郎

探し物探偵事務所に見生美月と名乗る美しい依頼者が現れる。彼女は旅人を「旅ちゃん」と呼んだ。旅人の過去を知る女性の出現に、動揺を隠せない陽子だが――。探偵・日暮旅人の『愛』を探す物語、セカンドシーズン第2弾。

や-2-6
199